Th.-E. Lindemann

Hasenbrot und Gänsewein

Geschichten

und

Erzählungen

Im Oktober 2021

Verlag … tredition GmbH, Halenreie 40-44, 22359 Hamburg

Buchgestaltung … Dr. phil. Th.-E. Lindemann

ISBN …

Hardcover: 978-3-347-40500-4

Paperback: 978-3-347-40499-1

e-Book: 978-3-347-40501-1

Was macht ein Schriftsteller wenn er schreibt?

Entdeckt er?

Stellt er zur Rede?

Will er verändern?

Und was ist, wenn er bei alledem sich daselbst noch nicht einmal entkommen kann?

―――――

So ist das hier geschriebene erfunden, wie alles Mögliche oder Unmögliche eben sein kann, wenn es wahr ist.

Auch ist das eine oder andere weggelassen, verändert oder gelegentlich etwas übertrieben.

Und da ist noch eine Möglichkeit:

Vielleicht wirft manches auch ein wenig mehr Licht auf das - was uns wichtig sein sollte.

Th.-E. Lindemann

Hasenbrot und Gänsewein

Geschichten

und

Erzählungen

Inhalt

Es gibt noch einen Flecken, der für jeden von uns woanders sein kann, und der mit unauslöschlichen Kleinigkeiten umrahmt sich in uns versteckt befindet.

Und so kann ein etwas inwendiger Blick - Stift und Schreibheft, Pinsel und Malkasten auftauchen lassen.

Dann besteht kein Grund weiter nachzudenken.

Man wird sitzen bleiben und schweigen, … schreiben und malen.

... und ganz doll an Dich und überhaupt an Dich gedacht ...

Kinderheimat

Das Grollen aus der Ferne ist nicht zu überhören. Bald wird das schlechte Wetter beginnen.

Es kam eines Tages, als die Zeit der bunt gewordenen Blätter vorbei war.

Die Haustüren durften mit dem Beginn dieser Dauer nicht mehr lässig ins Schloss fallen, fest im Griff musste man diese haben und die Fenster blieben an so mancher Stelle nicht dicht, ... dann nicht, wenn der Wind besonders kräftig blies. Grau und brüchig gewordene Blätter wirbelten an solchen wüsten Tagen von einer Hausecke zur anderen, um dann schließlich und in angedachten Bögen, sich in einer vielleicht doch vorbestimmten Ecke einzufinden.

Es war für manche Bewohner dieser Straße, ... um die es hier auch geht, an der Zeit versäumtes nachzuholen.

So bog der hiesige Kohlenhändler, diese Bezeichnung wurde er nie los, nun öfter als üblich in unsere Straße ein. Der Tankwagen mit dem Heizöl, unansehnlich und speckig wie immer, stand dann, so kam es uns vor, so nahe als nur irgend möglich bei demjenigen Haushalt, der notgedrungen nun doch noch bestellt hatte. Manchmal stand das Fahrzeug auch mitten auf dem schmalen Zuweg zum Mehrfamilienhaus, die Reifen mussten, je nach gewesener Wetterlage, tiefe Abdrücke auf dem Rasen hinterlassen, ... und wenn der Mitarbeiter des Kohlenhändlers, niemand glaubte, dass der Chef selbst jemals zum Kunden sich aufgemacht hatte, ... sagen wir mal, die Fahrertür dann aufschmiss und mehr oder weniger aus der Kabine herausfiel- als stieg, dann die seitliche Blechverkleidung des Fahrzeugaufbaus nach oben schnellen ließ, um irgendwelche Betätigungen an Hebeln und Knöpfen zu machen, ... ja, dann begann ein ohrenbetäubendes Knattern und helles Vibrieren, dass die ganze Straße entlang zu hören war.

So war also das Anliefern von Heizöl immer ein Ereignis, und diejenigen, die den Auftrag dazu gegeben hatten, waren schon zeitig genug dabei gewesen ihr Kellerfenster zu öffnen, ... es kann zumindest davon ausgegangen werden, denn der Ölmann des Kohlenhändlers war darauf aus, ... auch dafür bekannt, dass er geradezu einen Wettlauf mit sich selbst veranstaltete, so flugs verrichtete er die Arbeitsvorgänge die nötig waren und sicherlich auch so gemacht werden mussten. Es versteht sich, dass der dicke Förderschlauch auch vom Heck des Wagens abgerollt werden musste, um diesen dann im weiteren Werdegang des Ablaufs zum Kellerschacht und über den Fußweg hinweg schnell und vorerst grob zu positionieren. Hernach zerrte, das war immer so, der Ölmann das Kupplungsstück etwas über den Kellerlukenrahmen hinweg, sodass nicht viel verrutschen konnte, um dann schnellen Fußes in den Kellerraum des Kunden zu laufen, da die Verbindung zum Vorratstank fachgerecht herstellen werden musste. Lustig machten sich an dieser Stelle manche Beobachter besonders über ihn, da der Ölmann in dieser Phase seines Tuns, und das ohne Ausnahme, in einen auffallend, hektischen Watschelgang verfiel, …

´Meine Kriegsverletzung eben!´, das hatte er irgendwann einmal in einer ruhigen Minute von sich gegeben.

Zurück zum Ölwagen ließ er sich etwas mehr Zeit, was nun auch wiederum zur Belustigung führte, denn so ausgeprägt üppig war dieser nun doch dösige Schlendergang hingegen des vorherigen anzusehen. Mit dem Umlegen des Sperrhebels begann schließlich die Heizölförderung.

Manchmal kam es vor, dass sich beim Befüllen des Tanks oder nach einer beliebigen Betriebsamkeit selbst, … zum Beispiel, mit dem Einziehen des Schlauchs, ein Tröpfchen Heizöl sich verirrte und zu Boden fiel, … dann hatte man noch Stunden danach etwas davon, … das war so, denn so schnell wollte sich der Ölgeruch nicht verabschieden.

Wir, … die Kinder dieser Straße, empfanden das aber nicht als schlimm. Bei den Erwachsenen hingegen war das ein Drama.

Und drinnen, in den Wohnstuben, beschlugen die Fenster von Wärme.

Der Winter kam irgendwann mit schnellen Schritten. Besonders zu denjenigen, die sich damit noch nicht angefreundet hatten.

Auch trugen die Häuser hohe, weiße Dächer, und an den Rändern der meisten Straßen türmten sich graue Schneemassen. Die Mühe zu Fuß auf Gehwegen zu gehen war für viele dann beschwerlich und wer aus der Stadt noch etwas besorgen musste lief Gefahr auf dem Kopfsteinpflaster auszurutschen.

Die geschlossene Eingangstür zum beliebten Kolonialwarenhändler des Wohnviertels zeugte von der fortgeschrittenen Jahreszeit. Herr Meyer, … so der

Name des Einzelhändlers, trug im Geschäft immer einen weißen, streng gebügelten Kittel.

In dieser besonderen Zeit hatte Herr Meyer für seine Stammkundschaft oft sein bestes Lächeln parat und wenn man Glück hatte, schwor er sogar, und wie zum Widerspruch zu seiner geschlossenen Geschäftstür, auf alle Höhen, und Stein auf Bein, auf die ihm wichtige Heilkraft frischer Winterluft, dabei rutschte dem alten Herrn im Zusammenhang des Eids manchmal etwas kurioses aus dem Mund:

´Darauf kannste deinen Arsch verwetten!´, ja, so war das.

Das alte Stadt-Café war ordentlich warm und lud besonders jetzt im Winter zum Verweilen ein.

Hasenbrot hängte seinen schneenassen Mantel an die Garderobe und bestellte einen Milchkaffee mit einem Gläschen Gänsewein dabei, … und so pflegte er das auch mitzuteilen.

Kein weiterer Gast befand sich im Raum und selbst die Serviererin war nun nicht mehr zu sehen.

Etwas wenig später betrat schließlich eine junge Frau in seiner Vorstellung das Café. Sie war sehr hübsch, ihr Haar hellblond, schulterlang, wohl mit wenig Aufwand zurechtgemacht. Auch fiel ihm die enge, rubinrote Schlaghose auf, da diese Ausrichtung schon etwas länger aus der Mode gekommen war, gleichermaßen wie der körperbetonte Pulli, den sie trug.

Das brachte ihn etwas durcheinander und Hasenbrot wünschte, sie wäre Wirklichkeit.

Der Milchkaffee wurde schließlich gebracht, und dieser war sehr heiß, die aufgeschäumte Milch genau richtig. Das Gläschen Gänsewein fehlte, was ihm erst später auffallen sollte. … Es gelang ihm sich glücklich zu fühlen. Hasenbrot nahm sein Notizbuch und Bleistift aus der Manteltasche und fing an zu schreiben. Die Geschichte über Menschen am Meer schrieb sich wie von selbst, vielleicht täte sich die junge Frau später auch darin einfinden, irgendwann, … und überhaupt, dachte es ihm. Später, … dann fern seiner Heimatstadt, würde er auch so über seinen Geburtsort schreiben können wie er nun fern des Meeres über das Meer schrieb.

Was ist schon Zeit?

Schließlich, als Hasenbrot nach Jahren der Abwesenheit in seine Heimatstadt zurückkehrte, war es wieder Winter geworden.

Das Betriebsgelände des Kohlenhändlers gab es noch, ... tatsächlich, und man konnte den Eindruck bekommen, dass hier die Zeit ab einem bestimmten Moment stehen geblieben war. Alles an diesem Ort lag still, umtriebig zeigte sich buchstäblich nichts.

Das Café, um die Ecke, war auch noch vorhanden. Zwar glich der Zugang nun eher einem Zutritt wie zu einer durchschnittlichen Mietskaserne, aber das musste nicht unbedingt etwas bedeuten. Hasenbrot ließ diesen Ort links liegen.

Natürlich hatte unser Hauptdarsteller sich mit den Jahren an Sand, Dünen und Meer gewöhnt, ... jetzt aber ging er an winterkahlen Baumreihen vorbei, und daran konnte er kein Anstoß nehmen, auch das fehlende Laub vermisste er nicht, ... ebenso, als wenig später ihm der Spätjahreswind des nahegelegenen Sees rücksichtslos ins Gesicht blies, machte ihm das nichts aus.

Alle Entfernungen durch die ihm vertrauten Viertel schienen sich verkürzt zu haben.

Hasenbrot hatte erst vor wenigen Tagen eine kleine, möblierte Wohnung im Ort bezogen, und als er diese am frühen Abend nun wieder betrat, kam ihm die Wärme im Raum besonders angenehm vor.

Vom langen Spaziergang hatte sich ein Mordsappetit eingestellt.

Das Verlangen, sich schon so kurz nach seiner Heimkehr überall umzusehen, war stark, und als er an den darauffolgenden Abenden weitere, ihm von damals bekannte Ecken und Straßen aufsuchte, konnte er so manchen Platz mit kleinen und großen Geschichten füllen, ... es waren Wohlfühlgeschichten allesamt, solche, bespickt mit Momentaufnahmen einer vergangenen Zeit. So lehrte ihm damals der große Spielplatz zwischen den Wohnblocks, wie man auf der Schaukel so viel Schwung holt, um am davor stehenden, hohen Baum Blätter mit den Füßen rupfen zu können. Andererseits wurde ihm hier auch klargemacht, dass er niemals ein guter Fußballspieler werden würde. ... Es gab so vieles zu verstehen.

An einem Abend sagte er sich, das am nächsten Tag sein weiteres Leben im großen Ganzen ausgeknobelt werden müsste, … das legte er sich zurecht, als er zu Bett ging.

Auch an den darauffolgenden Tagen machte er sich so einige Gedanken, dass war nicht auszuschließen. Kaum verließ Hasenbrot deswegen die Wohnung, nur wenn es nötig war.

Einmal suchte er eine kleine Buchhandlung auf, dass es diese gab hatte er im Regionalteil der Kreiszeitung erfahren. Natürlich war ihm die Straße bekannt, aber nicht das Geschäft selbst. Mit einer etwas schrägen Erwartungshaltung betrat er den Verkaufsraum. Tische und Wandregale voll mit Büchern, Titel von noch lebenden und toten Autoren.

Das hatte Hasenbrot nicht erwartet. … Sie war so um die dreißig, hatte ein freundliches Gesicht und blaue Augen. Ihr hellblondes Haar trug sie schulterlang, und zeitlos war sie mit Bluejeans und hellblauer Bluse bekleidet. Irgendwie kam sie ihm bekannt vor, obwohl das nicht sein konnte. Auffallend fröhlich lächelte sie ihn an. … Auch sie konnte ihn nicht kennen. Schon immer war er sehr schüchtern, auch jetzt. Er stöberte in Regalen und auf Tischen und nahm schließlich von *Maxim Gorki* den Titel *Am Boden*. Er glaubte bei ihr erkennen zu können, das sie nicht damit gerechnet hatte, dass es hier im Ort jemanden geben würde, der sich für diese Art von Literatur interessierte.

´Wohnen Sie in der Nähe?´, fragte sie auffällig interessiert, während sie zwei Eselsohren an seinem Geldschein geradelegte und mit ihrem Handballen glatt bügelte.

´Ja, seit wenigen Tagen.´, gab Hasenbrot zu verstehen.

Dann verließ er das Geschäft und ging mit dem Buch unterm Arm heim, aß etwas gutes, trank dazu einen Chateau - Bois Mondont und ging früh zu Bett. … Mochte man das so erwartet haben?

Von seiner Wohnung aus war es nicht weit bis zum Stadtfluss. Der direkte Weg dorthin führte an einer alten Stadtmauer entlang, die ihm natürlich auch nicht unbekannt war. Unmittelbar darauf stieß er auf den Wasserlauf. Der Weg führte weiter und gab die Richtung zu einem großen, modern gemachten Parkplatz frei. Dann sah man schon das weit über die Stadtgrenzen hinaus bekannte Hallen- und Freizeitbad. Seine Badeanstalt, … Hasenbrot mochte diese Bezeichnung, war nicht wie andere Einrichtungen dieser Art. Hier gab es weiträumige Rasenflächen, einen Sprungturm mit einem Einer, zwei Dreier und einem Fünfer und ein sehr großes Schwimmbecken, welches ungefähr halbe-halbe durch eine rot-weiße Kette in Schwimmer und Nichtschwimmer unterteilt war. … Das musste heute wie damals so sein, Hasenbrot legte das beim Vorbeigehen für sich so fest.

Querte man kurz darauf den Flusslauf mittels Brücke, gelangte man auf die andere Seite des fließenden Gewässers und konnte nach wenigen Metern den Sportplatz des hiesigen Vereins ausfindig machen. Dort quälte man ihn jedes Schuljahr aufs Neue mit den damals üblichen Bundesjugendspielen. Es erinnerte ihn, das diese immer wenige Tage vor den Sommerferien stattfanden. Kam durch ein Luftzug getrieben der feine Chlorgeruch des Freibades bis zur Sportstätte herüber, fieberte er umsomehr auf die bevorstehenden Ferien hin.

Und später im Jahr, wenn die Felder gemäht waren, war die Zeit gekommen Hamster zu fangen. Wenn Hasenbrot zuvor nachgedacht hatte, hatte er einen Schuhkarton mit passenden Pappdeckel, der gelöchert sein musste, dabei, und, … daran konnte nichts falsches sein, einen Spaten, den er heimlich aus dem Kellerraum seiner Eltern sich auslieh. Diese bestimmten Tage waren immer drückend warm, das will ihm so erscheinen, und die Sonne stand schon tief am Himmel. Nur selten schlug bei solch einer Geschäftigkeit das Wetter um und ging zu Regen über. … Niemals kam er mit einem gefangenen Hamster heim.

Als das Jahr neu begann, fing das bereits bekannte Problem abermals an und eine Frage stellte sich aufs Neue, … die Frage, nach dem Ort, an dem man sich am glücklichsten fühlt. Diese ihm oft anfallende Ungewissheit trat in den Hintergrund, wenn er mit Menschen zusammentraf die sich mit ihm irgendwie auf gleicher Wellenlänge befanden. Die Zweifel verstärkten sich, wenn er mit Leuten zusammenkam, die eher zu meiden waren.

Obwohl seit einigen Jahren im Ruhestand, so war ihm doch immer noch der frühe Morgen lieb. Schon am Abend eines jeden darauffolgenden Tages legte er sich eine To-Do-Liste an. Dieses seit Jahrzehnten ihm verlässlich angeeignete Tun hatte sich in den letzten Monaten überwiegend verflüchtigt; … seit wenigen Tagen tat er es wieder.

Morgens, immer unmittelbar nach dem Aufstehen, öffnete Hasenbrot die Fenster in den Wohnräumen in denen er es für nötig hielt, dann machte er seine Schlafstätte zurecht. Daraufhin folgte die Morgentoilette.

Das Straßenpflaster war noch nass von der Feuchte der Nacht, doch die Sonne würde alles in den nächsten, wenigen Stunden getrocknet haben. Kaum waren Menschen zu hören. Nur diejenigen, die noch der Pflicht zum Broterwerb nachkommen „mussten", ... eher täte er heute das Wort „durften" an entsprechender Stelle setzen, ... nun, diese Menschen jedenfalls, konnte man mit ihren zumeist forschen Schritten wahrnehmen. Am Frühstückstisch, der in der Regel sehr umfangreich und ordentlich ausgestattet war, drangen mit fortgeschrittener Tageszeit immer mehr Außengeräusche zu ihm vor, auch hörte er Füße, einen je vor den anderen setzen, die sich deutlich, und von Fall zu Fall anders, voneinander unterschieden. Manchmal machte er sich einen Spaß daraus und ordnete das gehörte einem Geschlecht oder sogar einer bestimmten Person bei, um dann kurz darauf zum Fenster zu eilen und den Verdacht bestätigt, oder eben nicht, vorzufinden. Beinahe jeden Morgen bellte ein Hund zu ihm herauf, solange, bis Hasenbrot ein gehöriges Brötchenstück von seiner Sitzecke aus zum geöffneten Fenster hinausgeworfen hatte. Dieses Vorgehen ergab sich irgendwann und nur wenig später war es zur morgendlichen Gewohnheit geworden. Es fuhren nur wenige Fahrzeuge nahe seiner Wohnstätte entlang, was an der etwas abseitigen Lage der Straße wohl gelegen haben musste, darüber war er, ... man muss das ganz ehrlich sagen, überaus froh.

Natürlich war nicht jeder Tag gleich. Einmal fiel ihm ein, dass er die hiesige Tageszeitung in Papierform noch zu besorgen hatte, sein Rechenknecht, diese Bezeichnung für seinen Computer befand er für zutreffend, hatte vor wenigen Tagen den Geist aufgegeben. Heute befürchtete er allerdings, dass er sich ranhalten musste, wollte er um die Ecke, beim Bäcker, noch ein letztes Exemplar des Blattes erhalten. An diesem Tag nahm er sich vor, und das nach langer Zeit des Enthaltens, wieder es mit etwas Lotto zu versuchen. Was sollte schon an einem Zweikästchenspiel verkehrt sein? Auf dem Weg zur Annahmestelle mit dem Geschäftsnamen Lottostübchen, ... daran war nichts wahres, begab er sich notgedrungen das erste Mal in seinem Leben in die immer schon da gewesene, ihm auch immer schon nicht stimmige, krause Räumlichkeit der einzigen, öffentlichen Toilette hier im Ort. Diese Stelle, ein kleines, geschichtsträchtiges Gebäude, war ihm als Kind oft ins Auge gesprungen und er meinte dann, dass nur alte Männer die Berechtigung hatten dort einzukehren, ... also konnte er sich bislang darüber eigentlich noch nicht wirklich beklagt haben. Nun aber musste ihm der bestimmte Zustand direkt ins Auge fallen, das war nicht zu umgehen, und schon bekam er den ins Gewicht fallenden Beleg zu seiner kindlich, befangenen Feststellung geliefert, ... keine zehn Pferde hätten ihn länger als nötig dort verweilen lassen. ... Gut.

In der darauffolgenden Nacht wachte Hasenbrot plötzlich auf und der Mond schien durch das Fenster. Die Dächer der umliegenden Häuser waren unnatürlich hell erleuchtet. Er drehte sich vom Mondlicht weg, fand aber nicht den Schlaf wieder den er erhofft hatte. Träumerisch wieder etwas entrückt zogen vergangene Bilder durch sein Hirn.

Mit den weiteren Tagen kam ihm sein neues Leben im Schnitt schon etwas besser vor und seine erneut entdeckte, alte Heimatstadt war eine schöne Stadt geworden, ... ja, er war zwar nicht mehr jung aber auch noch nicht zu alt. ... Hasenbrot hörte sich atmen.

Tage später ging er dort vorbei wo es einem besonders leicht fällt aktuelle Eindrücke mit zurückliegenden Bildern in Verbindung zu bringen. Vor den Haustüren der Altstadtgebäude saßen Menschen auf dahingestellten Gartenstühlen, ... einige Tische, die die Breite des Fußgängerweges etwas mehr als um die Hälfte schmälerten, standen ab und an bei. Menschen sprachen über Leute und Orte und auch Dinge, die unser Spaziergänger nicht zuordnen konnte. Gelegentlich lächelte man ihn einladend an. Jemand sprach mit zwei-drei Leuten über Jack the Ripper und seine Untaten, und an einem anderen Platz, ... tatsächlich, tauchte der Name Karl Lagerfeld auf, was der tischbeisitzenden, weiblichen Gesellschaft merkbar gefiel. Aber wirklich zusammenhängendes bekam er von keiner Stelle mit. Er nahm an, dass das hier an diesem Flecken öfter so zugehen musste. ... Als er damals, also vor vielen Jahren, in dieser Stadt lebte, gab es solche Ecken nicht, es musste sich also zwischenzeitlich etwas getan haben. Standbilder geschlossener Gesellschaften konnte er nun auf seinem weiteren Gang, der an gewissen Wirtshäusern unweigerlich vorbeiführte, aufnehmen. Junge Generationen mit überwürfigem

Gehabe machten sich Platz, auch das schien sich in seiner Abwesenheit weiterentwickelt zu haben. … Schließlich führte sein Weg, wie so oft, wieder zurück.

Er sah die Hauskatze auf einer Treppenstufe im Flur liegen und schloss die Wohnungstür auf.

Man kann sich nicht vorstellen wie doch die Zeit so schnell und fast unmerklich vergeht, das sagte er sich inwendig. Aber was wäre das Normalmaß?

Ein neuer, schöner Abend brach an. Hasenbrot verließ aufs Neue die Wohnung. Über den frischgemachten Hausflur stieg er die noch rutschigen Treppen vorsichtig hinunter. Der frühe Abend war dabei den Tag gehen zu lassen. Vom Freibad her trieb ein leichter, lauwarmer Windhauch die vergangenen Stunden herüber. So, und nicht anders, ging er in die bevorstehende Dämmerung hinein. Draußen auf den Tischen eines Restaurants befanden sich oberflächlich und in Haltern eingesteckt, grünkarierte Servierten, damals befand sich in dieser Räumlichkeit ein Werkzeug- und Geräteladen. Es erinnerte ihn, dass man dort lose, nicht eingeschweißte Schrauben und Nägel und allerlei andere Dinge einzeln kaufen konnte. Hier zeigten sich nun unbesetzte Stühle, … und überhaupt, keine Menschenseele war weit und breit in der Fußgängerzone zu erhaschen. Vielleicht befanden sich die Leute zuhause vor ihren Fernsehern oder sie saßen irgendwo, nur nicht hier, einfach so herum und tranken und aßen und gefielen sich dabei.

Menschen die er mochte taten beinahe immer irgendetwas, sie diskutierten über tagesaktuelle Themen, malten schöne Bilder, schrieben inhaltsreiche Texte oder spielten handgemacht Musik auf Balkons und entlegenen Feldwegbänken.

An diesem Abend fühlte er sich besonders eins mit sich selbst, was auch daran gelegen haben mochte, dass er den ganzen Tag über an seinem Manuskript gut hatte arbeiten können, ihm lief die Tinte geradezu aus der Feder, und war daraufhin gut vorangekommen.

Nun, … auch auf dem zentral gelegenen Kirchplatz war es mauseleer, doch drang aus einer nahegelegenen Lokalität wilde Musik zu ihm herüber. Seine Erinnerung sagte sofort, dass damals Arbeiter der umliegenden Betriebe diese Stätte zum gelegentlichen Feierabendbier oft aufgesucht hatten. Gewerkschafter, Parteileute, auch Trinker, und Menschen, die einfach nur mal dabei sein wollten, konnte man dort antreffen. Schließlich betrat Hasenbrot das Kabinett. Fast alle Plätze waren besetzt und so setzte er sich zu jemanden, den er meinte schon irgendwann einmal kennengelernt zu haben. Gerhardt war ein guter Gitarrenspieler gewesen oder vielleicht war er es noch immer, das konnte man nicht wissen. Damals spielte Gerhardt auf bestimmten, politischen Veranstaltungen Stücke vom Liedermacher Franz Josef Degenhardt. Nun war er betrunken, wahrscheinlich vorsätzlich. Ohne unseren Hauptdarsteller auf irgendetwas vorbereitet zu haben wies Gerhardt plötzlich auf zwei vor ihm liegende Notenblätter hin.

´Das hier ist von der Melodie her gut aber der Text ist schlecht.´

Dann wanderte seine aufgedunsene, rötlichgeäderte Hand zum anderen Blatt Papier herüber.

´Hier verhält es sich genau andersherum.´

Unmittelbar darauf ballte der Liedermacher seine Hand zur Faust, holte aus, und schlug kraftlos, doch polternd genug, auf das zuletzt genannte Liederblatt hernieder.

´Nimm einen Whisky, mein Freund.´, sagte Gerhardt zu Hasenbrot und riss dabei zeitgleich beide Arme hoch, um auf sich aufmerksam zu machen.

Eigentlich mochte Hasenbrot in der Regel nur Gänsewein zu sich nehmen, aber eine gelegentliche Ausnahme bestätigt ja auch Gewohnheiten. … Flugs kam eine kindlich und etwas langweilig aussehende Bedienung heran und fragte danach was nun sei, … noch hielt Gerhardt beide Arme schnurgerade hochgestreckt zur Decke hin.

´Whisky will der da, issn Kumpel den ich von früher her kenne.´

Unterm Strich ging sie nicht näher auf den Umstand der Bestellung ein, murmelte nur unverständliches und entfernte sich so schnell wie sie gekommen war auch wieder.

´Die kannste bumsen dahinten oder sonstwo hier.´

Gerhardt schaute ihr grinsend nach.

´Die hat es immer nötig. Hat heute bestimmt auch schon.´

Hasenbrot saß da und sagte nichts. ... Und die anderen? Die anderen nippten an ihren Drinks, saßen nichtssagend vor Getränken oder kippten in einem Zug etwas in sich hinein.

Schließlich war etwas die Zeit vergangen. ... Unserem Spaziergänger war das alles dann doch etwas zu kompliziert geworden. Unterm Strich dann wedelte Hasenbrot mit dem Portmonee halb vor sich in der Luft, ... dass bestellte Getränk selbst musste ihm egal sein.

´Gut.´, sagte sie und legte den Rechnungsbeleg auf den Tisch.

´Mir macht's Spaß.´, gab sie noch kund und schaute dabei zu Gerhardt schnippisch über den Tisch herüber.

Was blieb noch übrig? ... Schließlich machte Hasenbrot sich auf den Weg.

Er geht am Strand entlang und unter ihm knacken mit jedem Aufsetzen der Füße die Muschelschalen.

Der Winter begann dieses Jahr besonders früh. Die Luft an diesem späten Nachmittag ist nun doch glasklar geworden und die Kälte tut ihm gut. Ein schmaler Saum Eis trennt das Wasser der Ostsee von dessen steinbesiedeltem Strand.

Von der Leere beeindruckt, meint er hier sicher sein zu können, niemand dürfte ihn wahrnehmen.

Doch täuscht er sich.

Dort, wo der schmale Dünenweg etwas ab vom Wasser sich längs schlängelt und dieser sich mit hier ortsüblichem Buschwerk gesäumt befindet, meint Hasenbrot seinen Namen zu hören, ... dreimal, mehr nicht.

In der fortgeschrittenen Dämmerung des Tages wird er nichts ausmachen können und doch spürt er eine hintersinnige, tiefe Nähe zu etwas, das nicht zu beschreiben ist.

Noch bleibt er stumm und reglos stehen, ... und dann, ohne die mindeste Eile, wendet er sich von dem ihm hinzugekommenen Eindruck ab.

Und von einem Moment auf den anderen, ... so einfach kann das gehen, wird ihm klar, dass auch an diesem Ort hier der Mond derselbe ist.

Und der Augenblick, stillschweigend weiterzugehen, scheint ihm gekommen.

Sturmzerzaustes Blumenbeet / *im Juli*

Der Flecken

Warum eigentlich nicht die Ostsee?

Hasenbrot und die Nordsee, dass war weitestgehend, wenn man so will, programmiert. Aber auch nach Osten hingedacht findet man Golfplätze, Jachtklubs und Wasser.

Er glaubte, als einer, der eher von der Nordsee beflügelt ist, am Ostseewasser nicht ganz richtig zu sein.

Schließlich fand er doch, und durchaus entgegen seiner ursprünglichen Einstellung, einen kleinen Ort, der ziemlich hoch im Norden unseres Landes festliegt und sogar etwas voll und ganz von der Ostsee her umfangen ist.

Ja, … wohltuend Wohnen und Leben in naturverbundener Stille, dass wurde in handelsüblichen Hochglanzbroschüren versprochen, … so klassisch war das also, und kein Einzelfall, man musste es insofern nicht unbedingt glauben.

Nun, … Hasenbrot's neuer Flecken Erde, also dort, von dem die Rede ist, liegt ganz einfach am Ostwasser. Am Rande des Dorfes und in Nachbarschaft zu einer jungsteinzeitlichen Grabanlage gelegen; … ja, dort findet man ihn.

Ärzte, Apotheke, Supermarkt, Fleischer, Bäcker, Friseurladen, Kfz.-Werkstatt mit Waschanlage und auch die Diakonie mit allem was dazugehört gibt es, ebenfalls einen Bürgermeister mit Ortsrat, und eine imposante Kirche mit dazugehöriger Pastorin, … dass alles ist hier zuhause.

Kreischende Möwen, Rehe und blumenbeetfressende Wildkaninchen, dazu auch das, … dass zerstreute schließlich irgendwann seine restliche Ostsee-Besorgnis. Das I-Tüpfelchen allerdings lieferte seine erste, spätnächtliche Dunkelheit im Ort. Nicht lästiger Fliegeralarm führt hier jede Nacht zur Lichtlosigkeit, keine auf- und abschwellenden Heulperioden dachinstallierter Sirenen sind zu hören, nein, … in der Tat, man will es kaum glauben, … glattweg das Ausschalten sämtlicher Straßenlaternen im Dorf, dass brachte ihn zu einer schönen Stunde nach Mitternacht dazu, seinen suchenden Blick hinauf zur Milchstraße hin zu führen, und das war schon ein atemberaubendes Schauspiel. So also hatte unser Hauptdarsteller das außerirdische Spektakel wahrlich noch nicht in Augenschein nehmen können. … Hasenbrot war begeistert.

Doch auch kann man bis in die aktuellsten Tage hinein den Schauermann passieren lassen: Zorn oder einfach nur Erregung passt nicht, eher Betroffenheit darf angezeigt sein, denn, und tatsächlich, dass lässt sich leider unterstellen, wird man hier kaum noch wissen, dass Siegfried Lenz, der weltbekannte Schriftsteller, naheliegend des Dorfes einen Teich mit Landfläche, unmittelbar anliegend zur Ostsee hin, jahrelang besessen, und 1992 aus Altersgründen offiziell der hiesigen Lokalität übergeben hat; ... eines Tages verpachtet, peinlich vernachlässigt und unbeachtet daniederliegt, gleich einer schäbigen Schiffermütze. Hätte man das nicht anders machen können? Zu unüberlegt, zu nachlässig und zu bereitwillig ließ man das so über die Bühne gehen. ... Sollte man da nicht aus dem Schlaf hochschrecken und schauen was zu tun ist, um der Zukunft in der Erinnerung eine immer wiederkehrende Möglichkeit zu geben? ... Jedes Pausenzeichen stellt Fragen, hier zwischen Muschel und Vision.

Ja, ... und der Orts-Flecken in dem Hasenbrot wohnt, ist ziemlich neu und unprächtig mit streng gezogener Geometrie versehen, gleich rechtwinklig gehaltenem Gezähe. Und das ist sie, seine neue Straße, und bald soll ein Knick, oder auch nicht, so genau kann man das hier nie sagen, ... dass ist ein flacher, mit Gehölzen versehener Erdwall, dass hiesige Areal, ebenfalls winkelzügig, umrahmen.

Dennoch der Einfachheit ist seine Straße schöner als so manch andere, das meint Hasenbrot schon, ... aber über Geschmack lässt sich bekanntlich schlecht streiten.

So, ... wie seine Straße, sind auch die Häuser hier ziemlich jung an Jahren und so mag man zwar inspirierende, barocke Architektur vermissen, aber auch die nordländische Ausrichtung, was den Baustil und einiges mehr betrifft, sollte nicht minder nennenswert beachtet werden. Proportional gesehen sind die Gebäude zumeist nur mäßig in die Höhe gekommen, schon gar nicht in die Tiefe. Wohl niemand will, so unmittelbar am Wasser gebaut, seine Kellerräume, ... allein schon wegen des unscharfen Gefühls, unterhalb des Meeresspiegels wissen; eine vielleicht fehlerhafte Betrachtung, doch ist es so.

Gleich allem anderen an diesem Flecken haben vor wenigen Monaten erst junge, neue Bäumchen am Straßenrand ein Plätzchen bekommen, spärlich an der Zahl und auch heftig schlank, ... doch immerhin.

Und wer wohnt hier? Schon vor seiner offiziellen Ankunft lernte er auf der Straße einige Leute kennen, welche ihm Antworten auf Fragen breitwillig und voreingenommen entgegenzubringen bereit waren zu liefern.

Doch erst als Hasenbrot in seinem neuen Heim eingezogen war kam er mit echt wasserdichten und gut gefütterten Seglerjacken zusammen und erfuhr aus großflächigen Fensterscheiben heraus bedeutendes:

´Sie sind sicherlich auch Segler.´

´Ich? - Wieso? - Nein!´

So war das.

Auch bekam Hasenbrot, und nach und nach, die hier im Norden, vielleicht etwas mehr als anderswo, ausgeprägte, allabendliche Windhund, Pudel-, Dackel- und Collie-Prozession, zu Gesicht.

Schließlich erfuhr er auch so einiges über einige, und andere auch von anderen über ihn, ... den neuen Insassen hier im Ort. Gelegentlich musste man sich darüber ein paar Gedanken machen, was niemals schaden kann, und so betrieb er es vor Gott und allen guten Geistern.

In seiner Straße trifft man sich unabgesprochen oft vor den Grundstücken. Kaum ist man aus dem Haus, fällt man sich um den Hals und beklopft mehrmals den Rücken des anderen.

Nun, ... mit Corona macht sich dieser Ablauf schwer, vielmehr und sinnhaft unmöglich, und mit der großen Zurückhaltung breitete sich auch in Hasenbrot's Straße eine nicht zu übersehende Schwere aus. Man mag die AHA-Regel, Abstand, Hygiene, Alltagsmaske, und 3G oder 2G, Geimpft-Genesen-Getestet, Geimpft-Genesen, nicht mehr hören und doch weis man um die Notwendigkeit.

Neuerdings hört man im anständigen Abstand zueinander:

´Geimpft?´

´Schon der zweite Piks?´

´Nebenwirkungen?´

´Welche?´

´Wer will nicht?´

´Ach!´

Denken wir nur kurz zurück.

Als Hasenbrot das erste Umarmungs- und Abklopfritual über sich ergehen ließ, musterte er sich umständlich dabei aus den Augenwinkeln, ... so etwas war er nicht gewohnt und womöglich musste das seiner frühkindlichen Prägungsphase geschuldet sein; ... schließlich sprach der silberhaariger Nachbar, dieser stillen und selbstgenügsamen Straße, dazu noch klassisches. ... So war das.

Gut. ... Außergewöhnlich oft in der Woche werden die etwas bewegungslosen, späten Vormittage durch verrentnerte Frauen mit flachen Einkaufstaschen durchbrochen, die ruhebedürftigen Ehemänner im Schlepp. Später dann wird man die Herren mit an Sicherheit grenzender Wahrscheinlichkeit mit prall gefüllten Behältnissen in den Händen auf sich wirken lassen können.

Auch ein Recht auf statthafte Klage haben alle hier am Ortsrand des Dorfes, ... und überhaupt, selbst gedanklich naheliegende, fischverarbeitende Stellen, wenn es denn solche hier unmittelbar geben würde, hätten wohl Mühe damit, dermaßen schlimme Luft hervorzubringen, ... schlussum, dass üppige Ausbringen von Gülle ist hier eine riesige Schweinerei und das besticht durchaus nicht durch Täuschung, sondern mit öligglänzenden Äckern voll mit ausgebrachter Scheiße, vom spritzen gesundheitsbedenklicher Substanzen ganz zu schweigen.

Doch ist Hasenbrot's Straße nicht der Ort pensionsaggressiver Untaten, hier besteht nicht der unmittelbare Anspruch darauf, aber auch sollte der Drang zum Verändern mancher Dinge von offizieller Stelle nicht unterschätzt werden.

Das wird besonders deutlich, wenn sich mehrere Nachbarn mitten auf der Straße zusammenrotten und nicht nur rückentätschelnd sich um den Hals fallen, sondern auch fingerzeigend einiges anzusprechen wissen. Es soll schon die Rede davon gewesen sein, einen Meetingpoint wetterfest und illegal auf Straßenmitte aufbringen zu lassen.

Nun, … der Ort, in dem Hasenbrot seit wenigen Jahren lebt, besteht nicht allein aus einer Straße und einem Weg. Tatsächlich gehören auch noch andere Stellen dazu, … wie etwa die in seinem unmittelbaren Umfeld.

Wenn er also, … sagen wir mal, seine Haustür öffnet und dann darauf hinter sich zuschlägt, - rechts-links-rechts, … kann er sich, auch im Gedanken, nahe der Ortsdurchgangsstraße wiederfinden, die er dann, und ungefähr, geradewegs einhundert Meter entlang nehmen könnte. Rechts, wird es ihm dann sicherlich denken abzubiegen. Diese Zubringerstrecke ist erforderlich, um zum besagten Rest einer jungsteinzeitlichen Grabanlage zu gelangen. Danach führt der Weg an Wiesen und Felder vorbei. … Rechts-links-rechts-rechts, eigentlich ganz einfach, das kann man so belassen, lustwandelt er dann im Geiste weiter und kommt, immer noch abseitig seiner Behausung, wieder in bebautes Gelände. Selten hat er bisher auf dieser Route Menschen angetroffen, … irgendwann einmal einen auf einem lauttuckernden und dieselauswerfenden Trecker, der es aber nicht für nötig befand sein freundlich-angelerntes -Moin- zu erwidern, und dabei hatte Hasenbrot sich doch mit dieser saloppen Ausdrucksweise viel Mühe gegeben. … Der ungehobelte Bauernkerl sollte ihm den Buckel herunterrutschen.

Schließlich kommt er wieder zum Ausgangspunkt seines geistigen Ausflugs zurück.

Und Städter mögen es kaum glauben, … hier im Ort sieht man wenig Unrat, fast immer sind Wege und Straßen frei von solchen Dingen, wenn man so einige, bekannte Stellen, versaut mit Hundekot, ausnimmt; … Anwohner wüssten davon zu berichten.

Am Anfang und Ende und dazwischen eines jeden Tages befindet sich auch ganz in der Nähe sein Bäcker. Von dort holt er sich regelmäßig Brötchen mit gültiger, nordländischer, verharmlosender Benennung: Krustis und Schrippchen, den Wochenanzeiger nimmt man sich so mit.

Man muss ganz ehrlich sein, … natürlich paradiert unser Mann auch manchmal frühmorgens oder am späteren Abend nur so durch die Straßen seines Dorfes. Dann gibt es bisweilen Anlass zum Wundern, Nachdenken und auch Haltmachen. Wie leergefegt doch die Gassen zumeist sind. Keine Pulks breitgemachter Schultern mit zirpenden und herumalbernden Gören vor fettstinkenden Pommesbuden, stellen sich ein. Und immer wieder beeindruckt ihn die Freundlichkeit ausländischer Mitmenschen, denen er wenig aber doch mal über den Weg läuft. Was ein knappes, nettes Kopfnicken doch bewirken kann, dass denkt er sich dann. ... Doch als niedersächsischer Theaterbesucher und begeisterter Kunstliebhaber wird er hier im Ort keine salbungsvollen Wandelgänge vorfinden, ... so tröstet man sich gelegentlich beim Dahingehen mit den Lehren manch erhabener Stücke, und Hasenbrot sagt sich dann im Geheimen ganz leise vor:

´Diese Lehre ist berechtigt!´, und schon fühlt er sich behütet.

So wenig sein Dorfbummel also an interessanten, schaufensterbestückten Einkaufsläden oder gar Konsumtempeln vorbeiführt, so anmutend hell ist aber auch dann das Innere des Ortes zur Weihnachtszeit anzusehen, ... wenn zum Beispiel fast jede Straßenlaterne mit leuchtendem Zierwerk versehen verlässliche Stimmung ausstrahlt oder mancher Vorgarten, der mit fleißiger Hand geschmückt, festlich strahlt.

Und nein, ... man braucht auch dann hier nicht zu befürchten, dass anhängliche Scherenschleifer ihre Dienste an den Mann oder an die Frau bringen wollen, nein, ... man darf auch dann weiterhin das erwarten, was man bereits zuvor in Erfahrung gebracht hat. Und natürlich darf man auch davon ausgehen, dass, wenn der Wellensittich hustet, auf tierärztliche Versorgung Verlass ist.

Nun, ... mag Hasenbrot ab und an, vielleicht auch etwas abwegig, den allerfeinsten Leuchtturm zum mäßigen Blinken gebracht haben, so ist doch seine neue Gegend allemal nicht die schlechteste.

Sein einer Nachbar ruft ihn oft freundlich und knapp über die Straße zu, sein anderer auch, ... eben so, wie er es auch tut, wenn man sich sieht.

Neulich sprach ihn ein hier um die Ecke wohnendes, ungefähr elfjähriges Kind an und fragte, warum er seine kieselsteinbelegte Auffahrt zum Carport mit dem Besen fegt.

´Warum nicht diese Frage!´, sagte Hasenbrot nur knapp danach zu sich.

´Wenn so etwas hier zu fragen nicht mehr möglich sein darf, wäre es schon traurig. Viel zu viel ist hier brav.´

Seine Straße also zeigt schon Charakter.

Doch auch kommen zur nächtlichen Stunde gern ungebetene Besucher auf sein Grundstück. Lautlos schreiten sie um das Haus und knabbern an mühsam herangezogene Pflanzen.

Es wird also in regelmäßigen Abständen eingebrochen und ihm scheint, dass das so nicht nur bei ihm passiert.

Niemand dürfte sich demnach ganz sorglos schlafen legen, ... und doch wird das getan.

Fast vier Jahre lebt Hasenbrot nun hier, und schon haben sie sich etwas aneinander gewöhnt, ... sein neuer Flecken und Er.

Zweieinhalb Tage mit J

Die fünf Minuten nach dem Weckton, ... die Zeit zwischen Erwachen und Aufstehen:

Hasenbrot hatte das Gefühl etwas umständliches vor sich zu haben, etwas, das ihm Mühe bereiten würde.

Angestrengt wälzte sich sein Körper auf die andere Seite, schmiegte sich nochmals in die Wärme seiner anheimelnden Bettdecke. Der Geruch seiner Frau lag wie eine Wolke neben ihm, dass Kopfkissen, dass umstandslos umgeschlagene Zudeck, zeigte Eile. Aus der Küche hörte er die Kaffeemaschine gurgeln. Jeden Morgen das gleiche Ritual, nur, dass in dieser angefangenen, für ihn viel zu frühen Stunde, dass sonst so obligatorische verplätschern des Duschwassers, auch das dann darauf folgende langanhaltende Grummeln des Föhns, fehlte.

Er begann sich hochzurappeln. Sein Körper brachte ihm Auflehnung entgegen. Wie ein zu straff gezogenes Gummiband, so widerspenstig, machte diese Widrigkeit sich bemerkbar. Umständlich klammerte er sich mit einer Hand am Bettrahmen fest und zog sich annähernd übergangslos, doch aufwendig und etwas verdreht auf die Beine.

Mehr oder weniger wird sich die Ungelenkigkeit im Zuge des vormittags lösen, das legte er sich zurecht.

Es war also wieder so ein Tag, und doch war es ein ganz anderer.

Wir sehen ihn nun in seinem Wagen sitzen. Einmal quer rüber soll es gehen, von der Ostsee zur Nordsee, rund neunzig Kilometer, ... oder, sagen wir mal, es geht von seinem „Jetzt" ins „Gewesene", ... so sind also neunzig Kilometer fast nichts.

Das also soll sein Abenteuer sein, und eine Ungewissheit beschleicht ihn: Mit welcher Erkenntnis werde ich zurückkehren?

Während wir ihn denken, bemerken wir, dass mit der Fortbewegung, an ihm auch hier bekannte Ziffern an den Hausfassaden vorbeiziehen, ihm die gleichen Garagenauffahrten vor Häusern geläufig sind und es auch im Norden des Landes schlechtes Wetter gibt.

Am schönsten ist manche Vorstellung aus einem zeitlichen Abstand heraus, das merkt Hasenbrot erst jetzt voll und ganz, während eine verirrte Fliege verzweifelt versucht einen Fluchtspalt am Seitenfenster ausfindig zu machen. Die Gefahr enttäuscht zu werden reduziert sich astronomisch. ... So reist er eigentlich fast ohne Risiko.

Noch siebzig Kilometer bis zum Fähranleger „Nordstrand-Pellworm". ...

Auch siebzig Kilometer bis zum Wiedersehen mit J.

Was man einer irrtümlich, fehlgeleiteten Email verdanken kann ist nur in den seltensten Fällen vorhersehbar.

Tatsache ist, dass der Kontakt zu J sich vor vielen Jahren verflüchtigt hatte, und warum das damals so eingetreten war, das wollte sich ihm nicht mehr so recht in den Kopf bringen.

So jedenfalls, ... in jenen, längst vergangenen Tagen, schien alles sich im guten Aufbruch zu befinden und J und Hasenbrot und andere Mitstreiter waren sich einig, dass die Welt sich mit deren Dazutun schneller zum besseren begeben würde.

J war für alle ein Vorbild, ein Klassiker sozusagen, und Germanistik- und Sportstudent.

Die Bundesrepublik Deutschland befand sich am Anfang einer neuen Zeit. Die Entspannungspolitik Willy Brandt's versprach immer mehr Früchte zu tragen und die Anhänger der Beatles befürchteten, dass sich das Gerücht der Gruppenauflösung bald bewahrheiten könnte. Parallel dazu passierte die Geburtsstunde der Roten Armee Fraktion, kurz RAF genannt. Und durch die Befreiung von Andreas Baader geschah etwas bislang noch nicht dagewesenes. ... Auf der Rasenfläche, vor einem Mehrfamilienhaus, befanden sich zwei in die Erde gesteckte Hinweisschilder: „Betreten des Rasens verboten" und „Im Alter braucht der Mensch die Ruhe".

Noch sechzig Kilometer. ...

Die Gegenwart vermengt sich immer mehr mit der Vergangenheit.

Das Ausstellungsfenster eines vorbeihuschenden Tattoo-Studios lässt gerade noch dubiose Zeichen und Symbole, auch entstellte Drachenkörper und tropfenförmige Köpfe erkennen, der kleine Ort will ihm dabei egal sein. Anker,

Herz und Kruzifix wären Hasenbrot lieber, vielleicht auch mit Initialen versehen, ... und während die vor ihm auftauchende Ampel auf Rot springt krempelt er seinen linken Hemdsärmel hoch, ... nur, um den Oberarm zu bemustern.

Natürlich ist Hasenbrot immer noch am Steuer. Links und rechts der Strecke nichtssagendes Einerlei, selbst vom Blick in den Rückspiegel gehen keine wegweisenden Appelle aus. Im Radio wird bekanntgegeben, dass neuerdings die Flexibilität der Blutgefäße genauestens mit einer eigens dafür entwickelten Apparatur erfasst werden kann. Die Fugen des Kopfsteinpflasters vor ihm sind durchweg mit Moos bewachsen.

Plötzlich wird es Zeit die Fahrt zu unterbrechen. Eilig, und wie auf Windesflügeln, biegt Hasenbrot auf eine etwas entrückte Parkbucht ein, niemand soll sein dringendes Tun bemerken.

Noch vierzig Kilometer. ...

Vor ihm fährt ein dreckiger Linienbus. Auf der hintersten Sitzbank eine Alte mit gestrigem Kopftuch. Daneben, mit Abstand, eine junge Biene, die bereits ahnt, dass ihre unmittelbar und doch entfernt sitzende Mitfahrerin kein Wort mit ihr sprechen wird.

Hasenbrot versucht seine Glieder zu strecken. Einmal Rücken immer Rücken. Da soll man ihm keine Märchen erzählen; da nützen auch teure und aufwendige Arztbesuche nichts.

Es fängt an zu regnen. Die Straße verwandelt sich in eine glänzende, dunkelgraue Fläche, zugleich bricht die Sonne weiter vorn hervor, um kurz darauf wieder zu verschwinden. Im Gedanken bestellt er sich einen Milchkaffee mit Gänsewein, das muss für ihn so sein.

Die wichtigen Themen des Tages sind: Schule muss auch Ali erreichen und Bum-Bum-Boris-Chic.

Ihm kommt in den Sinn, dass man nicht richtig erwachsen werden kann, wenn man in jungen Jahren nicht auch ein Gegner des Systems gewesen ist. Diesen, seinen Gedankengang, findet er durchaus schlau.

Noch zwanzig Kilometer. ...

Es ist die unverfälschte Landschaft die etwas ausmacht. Kein Kapellchen steht im Gelände, kein Hügel der katholisch genug, doch Golfplätze wie Sand am Meer. Auf Sylt soll es einen geben, wo selbst guttaugliche Urologen nicht wirklich dazugehören dürfen und, … wenn hier jemand an Kultur denkt, meint er die unmittelbare, lokale Szene mit Chören, Landfrauentreffen und Geflügelzuchtvereinen.

Vorwärts also zum Treffen mit J, bei dem alle Widersprüche entblößt und aufgelöst werden, so denken wir das mit unserem Kandidaten, … zugegeben, forsch und mutig.

Nur noch zehn Kilometer bis zur Fähre. …

Wer hätte gedacht, dass die Kartendarstellung des Navigationssystems die Lage Nordstrands am Meer liegend doch noch ausweist, … wohl liegt es am eingestellten Maßstab, das fällt jetzt auf.

Tatsächlich rührt ihn gerade das Bild eines greisen Mannes mit Krückstock in einem Bushaltehäuschen. Geduldig wartet der Alte, … so, als ob er das in aufwendigen Lehrgängen sich angeeignet hätte. Die Ausdauer ist ihm im Gesicht abzulesen. Fliegen fallen eher einfach nur so von den Wänden, als das der Greis etwas anderes anbieten würde. Weiter voraus ein junger Koloss auf einem viel zu kleinen Fahrrad. Es ist ein frischer, nasser Spätsommertag, und der Wind, der einen bevorstehenden Sturm ansagt, belebt sich merkbar. Der Koloss, dass ist nahezu beängstigend zu merken, stemmt sich immer mehr der aufbrausenden Naturgewalt entgegen. Und es ist wahr: Verzweiflung kann viele Gesichter haben. So dicht am Meer und doch kann manches geronnenes in sich tragen. … Was soll man nur machen?

Am Ziel. …

Nicht ganz begreift Hasenbrot von einem Moment auf den anderen die Topographie der Hafenanlage. Etwas übertrieben groß das Toilettenhaus, und die Parkautomatenmaschinerie in einem zurückgesetzten, dort eingebetteten Nischenbereich des Gebäudes, … das irritiert. Doch auch der Schiff-Anlegeplatz nicht gerade entzückend, einfach nur sachlich.

Die Freude auf das Wiedersehen mit J überwiegt allerdings und ist dabei das störende zu tilgen. Es ist schon eine schöne Sache mit der Zufriedenheit.

Hasenbrot nimmt seinen Rucksack aus dem Kofferraum und wirft diesen, mit den nützlichen und überflüssigen Sachen, umständlich über den Rücken. Unmerklich verfällt er in eine schnellere Schrittfolge.

Nordstrand - Pellworm, Pellworm - Nordstrand. ... Die Kartenverkaufsstelle befindet sich in einer Art von Metall-Türmchen.

Er lehnt sich an die Kaimauer, die seines Erachtens zu niedrig gebaut ist. Er schaut auf das hoch anliegende Wasser der Nordsee. Es ist Flut, das ist sicher, und das Wasser sollte nicht weiter steigen. Der Regen peitscht auf den Asphalt. Mehr als nass kann auch er nicht werden, ... auch das ist klar.

Der Moment ist gekommen. ...

Hasenbrot sieht J die zahlreichen Stufen des Deichs vorsichtig heruntertreten, etwas geplagt und gebeugt bewegt er sich, mit übergroßem, roten Rucksack beladen, der wie ein schlaffer Sack an ihm achtern hängt. Die Last auf seinem Rücken scheint mit jedem Schritt mehr zu werden, da hilft auch kein Zurechtrücken.

J bleibt stehen, verweilt merkbar nachdenklich an Ort und Stelle und blickt über das mittlerweile etwas ruhiger gewordene Wasser hinweg. Nun nimmt er die zweite Hälfte des rückseitigen Stufenaufbaus in Angriff. Erst jetzt bemerkte er Hasenbrot und winkt in lässiger Machart zu ihm herüber.

Nach dem Deichübertritt schreitet J an sachlich gehaltenen Betriebsgebäuden vorbei, ... das war schon vorher bei Hasenbrot auch so, sturmsicher auf befestigtem Grund ist alles hier, sattsam geteerte Fläche im Geruch von Tang und kreischenden Seevögeln.

´Dort hinten,´ sagt J, als er Hasenbrot nach kurzer Begrüßung fest gegenübersteht, ... ´dort hinten liegt Pellworm. Meine Insel.´

Beide entscheiden sich dafür, die Schifffahrt bis dahin unbeschwert zu nehmen. Die Rucksäcke sieht man auf nicht kaputtzukriegenden Plastiksitzen abgelegt, unsere Kandidaten ebenso.

Nach ungefähr einer dreiviertelstunde Seefahrt führt der Kurs im Zubringerbus zum Kurzentrum der Insel, dann geht es zu Fuß zu einem nahegelegenen Fahrradverleih, ... dass ist vorstellbar.

Das Lachen darüber wird hernach der kommenden Tage überwiegen, aber nur wenig später wird der viele Monate zuvor festgelegte Grundsatz, ohne eigenen Wagen und ohne Nutzung der hiesigen Buslinie dann auf der Insel auszukommen, Risse erhalten, denn beiläufig des auf die Probe stellen, ob nun richtige Rahmengröße, Sattelhöhe, Lenkradform und überhaupt, nimmt der blasende Wind wieder beträchtlich an Fahrt auf. ... Das also erfahren die Abenteurer nur wenig später.

Doch warum sollten sie klagen? Weiterhin unbesorgt und sich jetzt gegen die Naturgewalt anstemmend, so strampeln sie durch leere Straßen der Insel-Ortschaft und darauf nordisch-platter, inselbäuerlicher Ebene. Schließlich wird, ... auch etwas abgeschlagen und verschwitzt, die Unterkunft erreicht.

Nach Ablegen der Sachen geht es unmittelbar darauf die selbe Strecke wieder zurück, schließlich muss etwas eingeholt werde und die kurzweilige, zuvorige Hoffnung, die Fahrradfahrt nun generell mit Rückenwind machen zu können, schwingt noch etwas mit, erledigt sich aber dann doch gänzlich, denn die vorausgegangene Offensive hat sich zwischenzeitig um einhundertachtzig Grad gedreht.

Einkauf: Aufbackbrötchen, Marmelade, Margarine, unbedingt Bier. ... Gänsewein ist hier nicht zugelassen. Darin sind sich beide einig.

Mit noch schlagenderer Attacke, so wiederum gewechselter Windrichtung, geht es mit vonnöten, herausfordernder Langsamkeit zurück. ... Nicht näher darauf einzugehen entspricht dem Anstand, darf sich erübrigen, allein schon aus ästhetischen Gründen.

Nicht zu spät am Abend verdrücken sich beide Männer in ihre Höhlen, und so betritt Hasenbrot seine Schlafkammer und lässt sich ermattet in die Falle fallen.

Natürlich gibt es im Quartier auch eine Dusche, ... so eine, die als unter dem Durchschnitt stehend angesehen werden kann, ... eine, die es für angebracht hält, nur kaltes Wasser zu befördern. Das hat durchaus auch Vorteile, denkt sich Hasenbrot, denn so verhilft der kalte Schauer einem dazu, nicht nur ein langes Gesicht zu machen sondern gleichfalls schnell quietschlebendig zu werden; gute Wohlfühlbäder, die Erfahrung hatte er bislang ohnehin schon gemacht, führen ein Schattendasein in Ferienwohnungen.

Ein Höhepunkt auf der Insel ist der alljährlich wiederkehrende Pellwormer Triathlon.

Inmitten der Hafenanlage, … dort, wo sich auch dieses Jahr Start und Ziel vereinen werden, wird es wieder sportlich und festlich zugehen. Schon etliche Stunden zuvor der Eröffnung sind dann diverse Stände und Buden auf dem Asphalt zu sehen und stille, festgemachte Fischerboote bilden den maritimen Rahmen dazu.

Jetzt begeben sich J und Hasenbrot auf den Weg dorthin und insgesamt gesehen nehmen beide, … sagen wir mal so, sowas wie durch Zufall, am Wettkampf teil.

Wären unsere Abenteurer von ihrer Unterkunft aus nicht links mit den Fahrrädern abgefahren, so hätten sie kurz danach etwas auf der Hand liegendes erkannt, kein Zweifel hätte sie, auch nur für eine kurze Übergangzeit, täuschen können, aber so mussten sie sich damit abfinden. So jedenfalls bewegen sie sich, und ohne Wissen und Absicht, direkt in eine zufällige, große Lücke des wettkampfgeschehens hinein.

Beide beschließen also dem leichten Straßengefälle vor der Haustür in der Ausführung backbord zu folgen. Bis sie auf eine gestandenere Abfahrt kommen ist es noch etwas Zeit. Dann wird sich die Strecke zum Deich säumend bringen. … Bis dahin ist alles in Ordnung.

Nun, … wie es Hasenbrot später vorkommen wird, ging es bei ihm auffällig unkonzentriert vor der bestimmten Kurve in die Pedalen, und geradezu spektakulär war es, als plötzlich, so will es sich ereignen, etwas ungestümes mit Wallung und von hinten kommend ihn mitreist, sozusagen dem Gefälle und der gebogenen Wegführung ein zusätzliches Prädikat verabreicht. Kurzum, … eine flotte Schar ihn überholender Rennradfahrer hechelt dicht und schwitzend an ihm vorbei und, … schwuppdiwupp, kommt er im Sog derer deutlich ins Straucheln und rast, so schnell kann das passieren, in eine plötzlich auftauchende, zusammengeschusterte, zweistöckige Heuballeninstallation hinein, … kopfüber dann dem steilen Deichheck entgegen.

Nun, mühsam, … natürlich, und nach anfänglicher Benommenheit, kann er sich aufraffen, stellt sein Rad zurecht, kramt aus seinem Umhängebeutel eine Tube Sonnencreme hervor und salbt sein Gesicht ein, … so, als wenn ihm nichts geschehen wäre, das muss einem so vorkommen.

J konnte den unfreiwilligen Ausflug nicht mitbekommen haben, befand er sich doch etwas vorweg und außerhalb Hasenbrot's Dunstkreises.

Doch hört unser Hauptdarsteller jetzt von etwas weiter her einen Ruf, der ihm wohl gelten soll, … wirklich verstehen kann er nichts.

Schließlich stampft Hasenbrot los, um nur wenig später auf J, der auf einer langgezogenen Geraden mittlerweile stehen geblieben ist, zu stoßen.

Kein heldenhaft formulierter Satz wird fallen; … einfach nur so.

Die Strecke zum Hafen zieht sich. Immer wieder kommen unsere Kandidaten an Verpflegungsstationen des Triathlons vorbei, das lässt sich nicht vermeiden, und immer wieder bietet man Wasser und Obststücke an, und auch manch ein Wegelagerer spornt bemitleidend die beiden an. Und egal wieviel sich unsere Helden auch als nicht dazugehörig mitteilen, soviel auch glaubt man ihnen nicht. Ein Streckenposten meint zum anderen, dass der Wind die Startnummern von der Brust genommen haben muss und es den beiden Alten wohl peinlich wäre das kundzutun. … Bald darauf beschließt man die Räder zu schieben.

Der Fotograf hält die Kamera fest wie man einen flutschigen Fisch drückt, um ihn nicht aus den Händen zu verlieren. Es gibt einige Sieger, und nach Geschlecht auseinander gehalten, auch nach Altersklassen. Die Zuschauer stimmen zufrieden zu und unterscheiden doch an der einen oder anderen Stelle durch stärkeren oder schwächeren Beifall.

J und Hasenbrot vergessen den Ort an dem sie sich befinden, und doch rufen vereinzelt Möwen.

Es ist schön durch das werdende Dunkel der Insel zu fahren. Die Straßen und schmalen Wege sind leer, und manche Vorgärten liegen im blassen Licht der mäßig hell erleuchteten Wohnzimmer. Und der Zauber der flackernden Radscheinwerfer fällt beiden still und heimlich ins Auge. Diese Momente machen es einem leicht, anderes als sonst entstehen zu lassen. So macht sich, … als wäre man mit allem einverstanden, eine stille Erregung breit. In Betracht gezogen, … durch leichte Mädchen hervorgebracht, die sich genau an dieser oder jener Ecke halb barbusig und auch sonst knapp bekleidet nahe am Fahrwerk zeigen.

Doch so etwas gibt es hier auf der Insel nicht, ... helle, lange Beine vor dunklem Hintergrund.

Wo der niedrige, weiße Holzzaun sich befindet, an der einen Flanke der Kolonie, haben sie sich für diese bestimmte Zeit einquartiert; zwei gealterte Männer, ... das Wort „Männerwirtschaft" klingt dahingegen halbwegs unbeschlagen.

Vor der Flimmerkiste, in der Wohnstube, auf dem Sofa, hinter einem höhenverstellbaren, fliesenbestückten Sechzigerjahretisch, trinken sie Bier aus Flaschen, ... nicht zügig, und der späte Abend ist dabei sich zur Nacht zu machen.

Was miteinander Reden doch alles hervorrufen kann: Ausrufezeichen, die vordem nicht kleinzukriegende Fragezeichen waren, ... Einsichten, die plötzlich auftauchen und schwammige Erinnerungen für aufgehoben erklären, dass alles kann sich ereignen. Und, ... wie hätte doch alles anders kommen können!

J und Hasenbrot drehen die Zeit zurück, ... jeder auf seine Weise.

Mit Brief und Siegel soll manches ausgestattet werden. Richtiger, ... richtig richtiger vieles machen will man, oder so belassen wie es geschehen, aber auch sich dabei treu bleiben, ... darin sind sich beide einig.

Manchmal klopft Hasenbrot das Herz, ... dann, wenn er sich daran erinnert, dass schon soviel Zeit vergangen ist, und das er es war, ... damals.

Eine Reklameeinspielung unterbricht das Fußballspiel in der Glotze. Jemand verspricht, dass das Anbringen eines bestimmten Toilettensteins das Leben verändern kann.

Beiden ist klar, dass viele Dinge schwieriger geworden sind.

Gegen halb vier Uhr morgens drückt sich J aufwendig vom Sofa hoch, um Kaffee zu machen, ... das sagt er, aber auch um seine verschleißten Knie wieder etwas in Bewegung zu bringen.

Wat den eenen sin Uhl, is den annern sin Nachtigall. ... Hasenbrot rappelt sich auf die Füße, geht zum Fenster, nimmt den ebenfalls in die Jahre gekommenen Vorhang beiseite und öffnet die Luke auf Groß. ... Tief geht sein Atem.

Das sind also die Stunden die Hasenbrot herbeigesehnt hat, ... vielleicht auch J; zugeben würde er das nicht.

Und da wäre noch der Kaffee; Hasenbrot wünschte sich nur eine halbe Tasse. Er weiß, dass ein Löffel in J's Wachmacher locker stehen kann.

Und durch das offen stehende Fenster dringen frühmorgendliche Geräusche herein, … so selbstverständlich, wie die Gegenwart die Vergangenheit ins Wanken und die Zukunft zum gefährlichen Eiern bringen kann.

Schließlich nehmen J und Hasenbrot einen Schluck heißen, frischen Kaffee zu sich, … und in dem Wissen, dass sie es sich mit dieser Erkenntnis nicht leichter machen löschen sie nur etwas später das Licht.

Astern im Garten / *im Oktober*

Das Haus am Meer

Hier an der Ostsee lässt sich im Spätherbst kein Blatt vom Baum aufhalten, umsonst würde man dem nachlaufen. Da nützt kein schützender Deich und auch kein Knick.

´Was ist ein Knick?´ Das fragte sich Hasenbrot vor wenigen Jahren weithin hörbar, … alle wussten bescheid, nur er, als Hinzugezogener, stocherte offensichtlich im Nebel.

Eigentlich ist das, … auf eine einfache Formel gebracht, eine ungefähr auf ein Meter hohe aufgebrachte Erdaufwerfung, ein Wall, … wenn man so will, mit strauchwachsenden Gehölzen obenauf gesetzt. So nennt man das hier im so genannten „Hohen Norden" unserer Republik.

Doch tüchtig, … wie gesagt, fällt er hier dennoch ein, der Wind, und zieht über Land.

Nun, … wenn Herbstzeit ist, dann nimmt Hasenbrot sich auf Spaziergängen ausnehmend mehr Zeit, denn der Wind will beobachtet werden; … am Himmel, auf dem Meer, an Land. Und dass, nur um aufdecken zu lassen, was er sich alles einfallen lässt. Und obwohl man ihn nicht sieht, erkennt man ihn an den Dingen mit denen er sich beschäftigt., … so ist das.

Als Hasenbrot das letzte Mal in der Geltinger Birk spazieren ging, sah und hörte er, wie der Wind aus der Stille dieses Fleckens heraus einen wilden Tanz zahlloser Baumkronen hervorbrachte. … Und so ist es auch jetzt.

Soeben taucht der Geländewagen des hiesigen Rangers auf und wer diese Gegend kennt, der weiß, dass es nur wenige, echte norddeutsche andere Namen hier gibt - als Petersen, Sörensen oder Thomsen. … Also „Der Ranger", um, was das anbelangt, etwas üppiger zu werden.

Ihm scheint, dass der Ranger heute etwas schneidiger auf dem Weg zugange ist, doch vergisst der flotte Fahrer nicht zu unserem Wanderer hin zu salutieren. Schneidig geht seine Hand an den Mützenrand. … Nach Lage der vorhersehbaren Sache, hatte sich Hasenbrot zuvor an den Wegrand verdrückt. Darüber hinaus, … wenn man den zackigen Gruß beiseite nimmt, kann es keinen Beifall geben, hier ist manches knapper gehalten, eben auch das.

Zuschauer sind bei diesem ungestümen Wetter eher zuhause anzutreffen, als jetzt an diesem Ort, und gerade auch deswegen ist Hasenbrot nun hier unterwegs.

Fabelwesen und sonstige Gestalten sind in Sagen und manchem Märchen anzutreffen, Dämonen und Wächter in unseren Alpträumen, ... es gibt sie, mag man auch noch so sehr diese Wesen verneinen.

Nun sagen wir mal, ... nach einer weiteren kleinen Weile, sieht Hasenbrot wie aus heiterem Himmel gekommen, einen greisen Mann mit zwei Koffern in den Händen vor einen einsamen, im Wald gelegenen, heruntergekommenen Haus stehen, und es scheint, dass ihm die Schwelle des Eingangs nicht geheuer ist. ... Der Alte tritt zurück.

Und da ist noch die verrottete Sitzbank vor dem Gebäude. ... Mit einem Mal will es dem Alten geboten sein, sich auf dieser niederzulassen, mühsam und wehtuend.

Alles das beobachtet Hasenbrot aus der Entfernung heraus und wagt es dennoch, oder gerade deswegen, zu dieser Person herüberzugehen.

Wortlos steht er dem Mann gegenüber. Nur ein kleines, gegenseitiges Kopfnicken passiert. Vom Alten, kommt kein Einwand.

Hasenbrot setzt sich nachrangig ausgerichtet auf die Bank, auch auf die Gefahr hin, nun doch noch als unerwünscht zu gelten. ... Immer noch die gleiche Stille. Dann, es mögen wenige Minuten vergangen sein, bricht der Greis das Schweigen und spricht von der gegenwärtigen Wucht der Ostsee und wie diese doch so ungestüm in der Lage ist gegen das Ufer zu schlagen. Während er das mehr zu sich als zu seinem Gasthörer spricht, schaut Hasenbrot nachdenklich zu ihm herüber, ... und dem Alten scheint das zu gefallen.

Vorsichtig hebt der Greis einen seiner beiden Koffer auf die Bankfläche, so zwischen ihm und ihn. Schon springen die beiden Schnappverschlüsse nach oben, doch der Kofferdeckel klemmt etwas und so lüftet das Behältnis sich erst nachzügelnd und mit einem knarzenden Laut.

So mag man es glauben oder nicht, ... wo doch schließlich man übliches in einem Koffer erwartet, so befinden sich von Grund auf und bis zum Kofferrand selbst, vergilbte, alte Fotos unterschiedlichster Formate im Innern.

´Das ist mein Leben in Bildern.´, sagt der Alte und streicht dabei mit seinen Händen, ... man könnte sagen, grazil, um den Kofferrand herum.

Man wird sich denken können, dass Hasenbrot, ... sozusagen, nicht von ungefähr, jetzt hätte etwas sagen können oder zumindest, dass er die Uhrzeit hätte anhalten müssen, aber auch das bleibt aus. Doch etwas anderes tritt ein, etwas feierliches. ... Hasenbrot überspringt eine halbe Minute, dann beugt er sein Gesicht über die Kofferausstellung und lässt zusätzliche Zeit verstreichen. ... Er ist sich sicher, dass Worte hier nicht angezeigt sind.

Hasenbrot lauscht in den Sturm hinein. Nur noch einmal, denkt er.

Plötzlich, und trotz anhaltendem Sturmgetöse, dringt unvermittelt und deutlich ein seltsames Scharren, ein Knarren, wie aus dem Nichts heraus, zu den beiden vor, ... so, als wenn sich eine über Jahrhunderte alte und seit dem nicht mehr geöffnete Tür sich wieder aufmachen tät.

Das muss beiden Männern außerordentlich wunderlich vorkommen, denkt man.

Obwohl Hasenbrot sich bemüht, gelingt es ihm nicht eine genaue Ortung festzumachen, aber es kommt ihm auch nicht in den Sinn ausgeprägter danach zu forschen.

Dem Alten hingegen beeindruckt das kaum, ... kann sein, dass er kurz eine Augenbraue hebt, mehr aber nicht. Schließlich, und ohne die mindeste Eile zu zeigen, steht er auf, ... gebrechlich, und schlägt abrupt eine für Hasenbrot undurchsichtige Richtung ein. Man kann sich kaum vorstellen, wie hilfsbedürftig und doch aller Hilfe abwehrend, ... das muss unterstellt sein, dass Bild ist, das sich zeigt.

Es besteht kein Zweifel, dass der Alte weis was er macht, und so drückt er sich nun hinter dichten Gehölzen und Hecken entlang, die es wahrlich reichlich auf dem großen Gelände hier gibt. Hasenbrot beäugt den Alten mit Nachsicht, vielleicht will bei ihm etwas nicht ganz richtig sein.

Schließlich ist unserem Wanderer nicht ganz klar wieviel Zeit ins Land gezogen ist, aber als er mitbekommt, dass der Alte ihm aus den Augen entschwunden scheint, kommt ihm ein kalter Schauer über den Rücken.

Kein ihm naheliegender Fußabdruck zeichnet sich ab, kein vor sich Hintreten, kein Schlurfen, kein Atmen ist zu hören, selbst das sibyllenhafte Gespuke, dass noch vorhin ihm zu Ohren gekommen war, ist ins Nirgendwo entschwunden.

Hasenbrot muss zugeben, dass ihm einiges nun doch wundersamer als anfänglich vorkommt.

So stößt er sich mit einem unguten Gefühl von der Bank hoch, trottet die ihm noch im Gedächtnis gebliebene Linie des Alten ab, endete irgendwo, schreitet sogar gänzlich ums Gebäude herum und wundert sich immer mehr; alles scheint nichts zu bringen. Was soll er noch tun? Hasenbrot zuckt die Schultern.

Selbst wer keine Phantasie hat, wird sich vorstellen können, dass Hasenbrot nicht schlecht staunt, als er sieht, dass der Koffer, der schließlich noch vor wenigen Momenten auf der Bank sich breit gemacht hatte, nun verschwunden ist, und er täuscht sich nicht, … nur der zweite, nicht geöffnete Koffer, steht noch an Ort und Stelle. Überzogen schnell eilt Hasenbrot zu dieser Hinterlassenschaft, beugt sich mit energischem Eifer darüber, um daheraus, … umständlich, die Schnappverschlüsse zum Loshaken zu bringen. Das Öffnen ist auch hier eine Herausforderung.

Es ist nur verständlich, dass ein Mensch wie er, daraufhin beginnt an seinem Verstand zu zweifeln.

Während unser Mann mit nachtwandlerischer Unsicherheit sich nun bemüht nicht ins Straucheln zu geraten, legt sich, und wie auf Geheiß einer höheren Instanz und von einem Moment auf den anderen, der Sturm.

Mit dem geöffneten Koffer, nun in beiden Händen, lässt Hasenbrot sich ein weiteres Mal auf die Bank nieder, … nur um Nachzudenken.

Nach einigen Minuten, vielleicht auch etwas mehr, schließt er das Behältnis, legt dieses auf die Bank neben sich ab und verlässt, wie unter Schlafmangel leidend, dass Anwesen.

Nun, … es ist wirklich nicht richtig zu behaupten, dass wir diese Geschichte aus freien Stücken so enden lassen wollen, … doch muss es sich aus guten Gründen so fügen.

Eine Prise zum Standort

Etwas Neues anzufangen vermittelt auch die Einsicht, der Geduld eine Chance zu geben.

So öffnet das Neue mitunter die Augen über so einige Dinge, auch das Wissen nimmt sich Raum und der Mut wird mündig, ... wenn man so will, dieses Tun ist eine Sache, die es in sich hat.

Doch jenseits der Gleise, ... dort, wo wir uns mehr und mehr hinbegeben, geht es wild und ohne wirkliche Maxime zu, wir befinden uns sehr wahrscheinlich in einer Art von Drehtrommel, ... Hasenbrot meint sich sicher zu sein.

Unser Kandidat geht in sein Arbeitszimmer und denkt:

Seine Bilanz, die auch Abhandengekommenes aufzeigt, ist, ... sagen wir mal, ab irgendeinem Zeitpunkt, abfallend geworden.

Er stellt sich die Frage nach dem gesellschaftlichen Über- und Bodensatz, auch, und gerade, was die Zukunft betrifft.

Erbärmlich, ... diese Vokabel kommt ihm in den Kopf.

Das Miteinander hat sich mit den letzten Jahren zum konturlosen hin bewegt, ist aus dem zuvorgesetzten, kurzfristigen und hoffnungsvollen Zurücktreten infektiös wieder hervorgetreten.

Hasenbrot glaubt, dass er in jenen, vergangenen Tagen davon überzeugt war, dass aus einer verkrusteten, gesellschaftlichen Form heraus und mit Hilfe konsequenter, sozialer Demokratie, dauerhaft etwas vereinigendes sich bilden kann.

Wie kann man sich das, selbst im Wenigsten, heute vorstellen?

Vielleicht waren es anfangs nur einige Wahnsinnsknaben, eine kleine Horde, von nicht alle Latten am Zaun habenden Spinnern, denen es erlaubt war Mist zu bauen, ... und das, ohne wirklich Konsequenzen befürchten zu müssen.

Fing diese Bewegung so an? Fingen die Raubzüge gegen die konservativen Grundfesten wirklich so an?

Werteverfall heute überall. Zumeist zu Gunsten nach außen hin stiller Gesellschafter und großmauliger Lenker, … kleiner, wie bedeutender Steuerbetrüger, so auch trendgläubiger Massen, reflexartige Karrenzieher.

Bald werden es achtzig Jahre her sein, dass aus einem zerbombten Land heraus der Wiederaufbau entstand, auch menschliche Ruinen brachte das Land hervor, … eine vergewaltigte Generation.

Was dann folgte, war das große Arbeiten, bis es am Ende des Tages zur atemberaubenden Tamagotchi- und RTL II Fangemeinde kommen konnte.

Nach und nach fuhren Halbstarke, und immer mehr und locker, über rote Ampelzeichen und konträr dazu brachten berufstätig angespannte Väter ihre nicht erledigte Tagesarbeit mit nach Haus, und Mütter zählten wöchentlich mit den Fingern ab, wieviel Haushaltsgeld noch zur Verfügung steht.

Gerade noch war es ein Zweipersonenstück mit knapp schuldlosen Nachgeborenen, die kleinste, gesellschaftliche Instanz, … die Familie.

Nicht plötzlich, eher unbemerkt, brachte sich also der neue Zeitgeist ins Spiel, und die große Duldung derjenigen, die mit Fleiß es bis hierher gebracht hatten, begann, und der Flachssamen und der röhrige Wasserfenchel machten sich schick, um schließlich flügge zu werden.

Hatte sich in einer stillen Stunde das Vermögen aufmerksam zu sein, allen entzogen?

Wer dachte noch an seine Hausaufgaben?

Wer mochte noch Lehren aus der jüngsten Geschichte ziehen?

Nur noch am Stammtisch Sprüche klopfen?

Die aktuelle Bilanz fällt also dürftig aus und es lässt den Verdacht nicht ausbleiben, dass unsere Gesellschaft immer mehr ins Taumeln gerät.

Aber was genau wünschte man sich?

Tennisstars, die wieder als Vorbilder taugen?

Politiker, die etwas darstellen?

Richtersprüche, die klar und deutlich die richtigen Signale setzen?

Nachsichtige Steuerbehörden, die beide Augen zudrücken, wenn es einen daselbst betrifft?

Es wird an uns liegen, ob sich etwas tut.

Alter Bahnhof

Gerade noch brachte Hasenbrot seine Tochter mit dem Wagen zum Bahnhof, … doch war das vor vielen Jahren.

Wie immer bringt Hasenbrot sie nicht bis zum Bahnsteig, … doch muss man wissen, auch diesmal wird er etwas Zeit auf dem Bahnhofsgelände verbringen, … ganz einfach, nur um über das nachzudenken worüber man am besten allein und in Ruhe nachdenkt.

Auch meint er, dass seine Tochter es nicht gern hätte wenn er sie bis zum Bahnsteig begleiten tät. Gesprochen haben die beiden darüber nie. Warum auch.

Nun geht sie die wenigen Stufen zum kleinstädtischen Bahnhofsgebäude hinauf, stemmt sich gegen die schwere Schwenktür, dreht sich dabei zu ihm noch einmal um und winkt zum Abschied.

Alte, in die Jahre gekommene Bahnhofstüren lassen sich überwiegend nur mit Anstrengung öffnen und schlagen darauf fortwährend kräftig zu. Wehe dem, der diesen Ablauf stört und zuvor des beendenden Hergangs diesen unterbricht.

Für ihn ist der Zeitpunkt nun gekommen in die Jackentasche zu greifen. Aus der Tiefe des Bekleidungsstücks wird sich eine Schachtel Zigaretten hervorholen lassen. Ein Feuerzeug oder selbst banale Streichhölzer besitzt Hasenbrot nicht. Der Zigarettenanzünder im Wagen ist noch fabrikneu und es wäre ein Jammer, der Meinung ist er seit Monaten, diesen jetzt in Betrieb zu nehmen. Umständlich rekelt er sich auf dem Fahrersitz. … Hasenbrot wird sich das Rauchen auch diesmal verkneifen.

Drei dick angezogene, ältere Personen, zwei Frauen, ein Mann mit breitkrempigen Hut, erklimmen mühsam den Aufstieg zur Station. Wenn sein Eindruck richtig ist, stützen sich alle drei gegenseitig.

Da er sich immer noch vor dem Bahnhof im Wagen sitzend denkt, lässt sich der einfahrende Zug auch mühelos vorstellen, nur wenig später wird dieser sich wieder mit aller Kraft in Bewegung setzen, dass lässt sich ebenfalls und umstandslos vermuten.

Hasenbrot befindet sich gern in der Nähe von Bahngleisen, ... so auch jetzt, eine Faszination, die ihn emotional einnimmt und etwas, … nicht ganz, kindliches Vertrauen aufkommen lässt. Gut komme er damit klar, ... also, an solch einem Ort, wüsste er anderen gegenüber zu berichten.

Immer noch das Gefühl, sich einer Zigarette hingeben zu wollen.

Es ist ein klassischer, spätherbstlich, früher Morgen und kühl ist es. Feuchte Luft dringt durch alle Sachen. Viele sagen, … dass denkt er sich, Zigaretten wärmen an solchen Tagen besonders gut.

Der Zug müsste jetzt den Stadtrand der nahegelegenen Großstadt erreicht haben und dürfte auch pünktlich in Bremen eintreffen, das wünscht er sich, dann wird sie keine Mühe haben die Stadtbahn zur Uni hin gut zu erreichen. … Warum sollte das heute nicht so sein?

Das Zurückdenken lässt ihn etwas säumig merken, dass sein Körper nun angefangen hat zu frieren.

Die Jacke wird er im Wagen, auf der Rückbank, liegen gelassen haben, ... dass will er unbedingt glauben, ist sich aber nicht ganz sicher. Auch hofft er, dass sein Gefährt, das einfach und immer noch direkt vor dem Bahnhofsgebäude gesetzwidrig steht, knöllchenfrei noch ist und auch weiterhin bleiben wird.

Nun wirft er einen Blick nach links, entlang der schnurgeraden Gleise, die im Dunst der morgendlichen Stunde noch liegen. Ganz hinten kann Hasenbrot den ihm vertrauten Bahndamm erkennen, … dort war sein Bezirk als Kind, dort hielt er sich gern auf. Es tut ihm gut daran zu denken, deshalb will er seinen Blick von dort noch nicht abwenden, ... und doch fängt er an das zu tun. Auf halber Strecke versucht er ein Quäntchen von den vertrauten Bildern bei sich zu belassen und so bleibt er nun doch etwas hängen und erkennt dabei die kurze Reihe der auch in die Jahre gekommenen Gartenkolonie. Voll mit abenteuerlichem Glanz und mit prallem Wildwuchs, so liegt die Fläche dar.

Und wie von Zauberhand freigegeben fällt der Schleier ein wenig an einer Stelle und gibt nur etwas rechts davon zwei Bahnarbeiter frei, die im orangefarbenen Überzug auf einem Streckengleis stehen. Der eine hält etwas stockähnliches in der Hand und wirft, … sogleich mit Hasenbrot's weiterem, fantasievollem Stochern, die ihm angedachte Schusswaffe über die Schulter. Auf dieser

Entfernung nimmt sich ein solches, in Aussicht gestelltes, kreatives Schießeisen leicht selbst auf die Schippe. Heute wird kein durchdringender Schuss fallen. Niemand wird einen schreckerzeugenden Knall hören. Niemand wird vom Hocker fallen und um Hilfe rufen. Anstelle dessen ist von irgendwoher ein kraftvolles Getöne zu vernehmen. Jagdszenen passen nicht zum Bild. Wenig später, ganz schön und wichtigtuend, zeigt sich ein Zug. Es wäre töricht zu glauben, dass sich noch jemand auf dem Gleis befände, ... selbst drei ihm gerade noch nahe kaspernde Elstern ist es unerträglich geworden. Ansatzweise ergeht es auch ihm jetzt so, ... dann ein innerer, zuckender Reiz, als auf Hasenbrot's Höhe angekommen der Güterzug vorbeirauscht.

Reise und Ziel: Man redet gelegentlich von der letzten Dampflok, die in dunkler Nacht ihre letzte Runde macht. ... Doch kann man das glauben?

Teufel auch, ... dieses Geborgensein, dieses nicht steuerbare Gefühl, solange man sich von diesen Bildern nicht gewollt und gekonnt freisprechen kann.

Mal wieder meint er etwas gelernt zu haben, ... zumindest um einen Erkenntnisgewinn reicher zu sein, doch streifen ihn abermals, und auch zu dieser neuerlichen Entdeckung, grüblerische Verse.

Zeit sich zurückzubeamen, lässt Hasenbrot durchblicken, ... doch im gleichen Atemzuge bemerkt er, dass neben nebelnassen Büschen, hinter einer Tageszeitung, ... jemand, der ihn aufhält im Bestreben, auf einer in die Jahre gekommenen Bahnsteigbank sitzt, und diese Person rührt sich noch nicht einmal um eine Winzigkeit, scheint sich noch nicht einmal bequem zurücklehnen zu wollen, ... so, als ekle sie sich vor dem rückwärtigen Raum.

Etwas eigenartiges geht von diesem Bilde aus, etwas, ... möglicherweise nicht erklärbares.

Wenig später wird dieser Mensch sich etwas zur Seite hin krümmen, um in eine ihm nebenstehende, bereits geöffnete, metallene Brotdose, ... fingerspitzig, zu greifen, und um schließlich ein Häppchen mundgerecht, schon zurechtgeschnittenes Butterbrot entnehmen zu können. Daraufhin wird diese Person sich wieder zurückwenden, hernach in Bewegungslosigkeit sich begeben, ... und das scheint so sein zu müssen.

Hasenbrot wird an das Hasenbrot seines Vaters denken, wenn dieser spät Abends von der Arbeit heimkam.

Und Hasenbrot wird noch etwas dort, nahe am Bahngleis stehen bleiben, … so denkt er sich das nun doch.

Gern steht er nahe an Bahngleisen.

Niemand wagt hier seinen Namen zu rufen oder deutet auf etwas hin, lächelt mit berechnender Absicht auf ihn ein.

Gerade jetzt ist seine Zigarette aufgeraucht.

Herbstblätter / *im November (getrocknet)*

Im Abteil

Hasenbrot's Arbeitstag ist vorüber.

Nun befindet er sich auf dem Weg nach Hause. Sein Zug, dem er sich wie von selbst, gleich einer immer wiederkehrenden Neuauflage, gern ausliefert, ist unpünktlich.

Nur etwas später sitzt ihm eine junge, elegant gekleidete, seiner Auffassung nach, Hübsche gegenüber.

Dieser Vorstellung hängt er schon lange nach, nur passierte das bislang nicht so wie er sich das wünschte.

Wenn dann nur noch hinzukommen tät, dass ich allein mit ihr im Abteil säße, dann …!, dass dachte er hin und wieder. … Absolut richtig; nun ist es soweit.

Die ihm verbleibende Zeit muss, so die Biene nicht zuvor aussteigt, in Bahnhofeinheiten bemessen werden, und sechs davon, mit annähernd gleichlangen Fristen, gibt es auf dieser für ihn bemessenen Strecke.

Sie kramt in ihrer Handtasche. … Jetzt liest sie in einem Buch. Der Titel sagt ihm nichts.

Hasenbrot hält viel von Menschen die sich öffentlich in Szene setzen und dabei in Büchern lesen, … nun, das bringt ihn stets etwas in Rührung.

Der Zug macht halt. Also noch fünf. …

Lesende ohne Grund einfach so anzusprechen ist schwierig. Er meint, irgendwann einmal davon gehört zu haben, und an solch einem miesegrauen Feierabendtag allemal.

Soeben noch säumten spiegelverglaste Hochhäuser irgendwelcher Führungseliten die Bahnstrecke, jetzt tun sich unansehnliche Wohnsilos der Vorstadt vor seinen Augen auf, um wiederum kurz darauf die Sicht auf großflächige Weiden und Äcker freizugeben, … das ist ihm nicht neu.

Seine Mitreisende legt ihren Mantel sowie Schal ab und platziert die Teile neben sich. Ihm gefällt der gazellenhafte Bewegungsablauf den sie dabei an den Tag legt, das macht ihn noch etwas ruheloser als er ohnehin schon ist, … auch aus dem Grund, weil ihre perlweiße, hochgeknöpfte Bluse die Kontur des Büstenhalters erahnen lässt.

Natürlich muss das Beäugen verdeckt vonstattengehen. Zudem kommt, dass der nur etwas mehr als knielange, eng geschnittene Rock sich mit jeder Sitzkorrektur verkürzt, so der Torte die Kirsche obenauf setzt.

Die Hübsche zuckelt an ihrem Rocksaum herum, ... einhändig, und diese korrigierende Verfahrensweise muss auf ständiges Wiederholen ausgerichtet sein, das verlangt das schnittige Outfit. Auch dieses Prozedere empfindet Hasenbrot als nicht unangenehm.

Er freut sich auf zuhause, was durchaus als zwiespältig bezeichnet werden kann, schließlich sitzt er einem ebenso freudigen Grund gegenüber.

Nun macht ihm das rhythmische Betragen des Zuges zu schaffen, ... da helfen auch nicht die auf ihn einwirkenden Sinnesreize.

Er wird schläfrig und das kann unangenehmes nach sich ziehen. Ein ihm bekanntes Übel, schließlich neigt er dazu, mit dem Augenschließen, während der Fahrt, gelegentlich ein Schwindelgefühl zu verbinden und die Gefahr des sich Übergeben müssen's, ... im Extremfall, kann nicht einfach so beiseite gelegt werden.

Hasenbrot entledigt sich seiner Jacke, ... nur um diese, wie gehabt, etwas später, wenn die Kühle des zweiten Bahnhofs ins Abteil gekrochen ist, erneut anzuziehen, ... das wird ihm peinlich sein.

Schließlich kündigt sich etwas unverständliches über Lautsprecher an. Zwischendrin schluckt die Zug-Mechanik in Abständen noch dazu alles voll und ganz, ... alles das, was sich unter anderen Umständen vielleicht anstandslos hören ließe.

Hasenbrot hat früh gelernt sich in Geduld zu üben.

Er hält sein Gesicht, dass er seit der Einfahrt in den Bahnhof zum Fenster aufs Sorgfältigste ausgerichtet hat, immer noch in Stellung. Wirklich, ... er hält noch daran fest, obwohl sich vor einer Minute etwa ein ziehender, ekliger Anflug entlang seiner Nackenmuskulatur zu Wort gemeldet hat. Ihm scheint es das aber wert zu sein denn sehr wohl und bei alledem, garantiert diese Pose ein vorzügliches Vortäuschen falscher Tatsachen. Also, ... sagen wir mal, aus verwinkelten Augen heraus, und mit jedem, geschätzten, siebten Herzschlag, taxiert Hasenbrot immer noch diverse Körperbereiche der ihm gegenübersitzenden Schönheit, und das ist schon was. … Doch beginnt es jetzt in seinen Ohren zu pfeifen.

Unterm Strich muss er nun doch die verhatschte Körperstellung aufgeben.

Er rekelt sich zurecht. Schließlich kommt es zu einer kurzweiligen, abscheulichen Karussellfahrt in seinem Hirn.

Noch vier Bahnhofeinheiten. …

Solch eine Fahrt kann entweder zu lang oder zu kurz sein. … Er denkt sich mögliche, dann unmögliche Zärtlichkeiten mit seiner Mitreisenden aus. Diese Luftnummer bringt ihn sogar mit seiner angedachten Flamme in die verdreckte Zugtoilette nebenan.

Und immer noch liest seine Mitreisende im Einband. Es scheint keine Auszeit bei ihr zu geben.

Was liest sie bloß? Das sie nicht einmal ihre Augen von dieser Lektüre lassen kann, denkt er sich. Hat sie keine Lust auf etwas anderes?

Hasenbrot ist kein vom Teufel gerittener Torero, vielmehr ist sein Kredo immer schon die Zurückhaltung gewesen. … Er selbst will davon nichts wissen.

Mein Gott, stolpert es ihm ins Gehirn, jetzt geht es los. Kurz gerät sein Bürokratenherz ins Stolpern, als er sie beim knapp über das Buch zu ihm herüberschauen ertappt, … nicht lange, aber Hasenbrot nimmt das als mattgelben Wink entgegen.

Er kann sich schon einiges mit ihr vorstellen. Und so geht ihm abermals dieses und jenes durch den Kopf.

Die eine oder andere Anmache-Variante scheint ihm geeignet, das meint er, auch um ein mögliches Kennenlernen mit Füllung zu befeuern. Ihm gefällt zum Beispiel die nicht für die Ewigkeit gedachte, kulinarische Machart: Ich liebe Krabben und Langusten, auch Flusskrebse; in Spanien saß ich an einem Platz, der …, Hasenbrot lässt den Rest sausen. Vielleicht ist sie Versicherungskauffrau. Diese Berufssparte gefällt ihm nicht.

An dieser Haltestelle eilte der Zug vorbei. … er ist irritiert.

Nur noch drei Bahnhofeinheiten Zeit. …

Man muss es ihm hoch anrechnen, das er, ohne ein Wort zu verlieren, sich die ganze Zeit nach außen hin in Ausdauer fasst.

Kam ihm schon einmal der Gedanke, dass Frauen, … je nachdem, die Initiative vom Mann ausgehend erwarten? Lechzt seine Mitfahrerin eventuell seiner unmittelbaren Direktheit insgeheim entgegen?

Wenn dem so wäre, dann hätte Hasenbrot Grund genug das später zu bedauern.

Aufmerksam, wie ein leiser Spurenleser, wirft er, nun in kürzeren Intervallen, noch mehr getarnte Blicke zu ihr hinüber, … schließlich ist er auf Zeichen angewiesen. Die frontale Annäherung ist, wie schon erwähnt, nicht sein Ding. … Doch wird die Zeit knapp.

Noch zwei. …

Das kurze Rauschen der benachbarten Toilettenspülung dringt in das Abteil. Er rümpft die Nase. Vielleicht aber liegt es auch daran, dass gerade jetzt der Zugbegleiter feierlich vorbeiparadiert und einen kurzen Blick auf Hasenbrot's geheime Perle wirft. Eigentlich sollte sie unter Ausschluss der Öffentlichkeit stehen, … Vertraulich, Verschlusssache.

Sie schließt ihr Buch, und das auffällig laut, … -swusch-.

Jetzt richtet sie ihren literarischen Buchstabenblick zum Fenster hinaus, … gespielt, zukunftsfroh, teilnahmslos oder nichts von alldem. Sie wechselt, … ihm scheint das etwas anders als die vielen Male zuvor vonstatten zu gehen, den Beinüberschlag, dass darauf ausbleibende Zurechtzuckeln des Rocksaums ist nicht zu übersehen.

Der Zug hält. Der Bahnhof ist hell erleuchtet. Nur wenige Personen steigen aus und bemühen sich schnellen Schrittes am Bahnsteig entlang ins mittlerweile herbstdunkel gewordene des Tages zu gelangen.

Nur noch eine Bahnhofeinheit Zeit. …

Nun schlägt auch Hasenbrot ein Bein über das andere, … so hat er sich während seiner vielen, bisherigen Bahnfahrten noch nicht gezeigt.

Und da gibt es noch etwas, … etwas, das wir noch nicht mitgeteilt haben: Gewiss hat er sich, was das angeht, irgendwann einmal schlau gemacht, möglicherweise in einer kritischen Phase bestimmender Vorbehalte sich selbst gegenüber. Ja, … so wird es wohl gewesen sein. Jedenfalls hat er eines schönen Tages erfahren, dass Männer Androstadienon als Signalstoff abgeben, wenn sie das weibliche Geschlecht in Laune bringen wollen. Das passiert dann einfach so, meint er noch in Erinnerung zu bringen. Kaum kann er das nach wie vor glauben, auch nicht, dass das über die Achselhöhlen geschieht. Von wo aus Frauen ihren Botenstoff freisetzen, davon will er nichts gehört haben, … nur, das diese Substanz Estratetraenol heißt.

Nicht jagend schnell, aber doch ohne Pause, kommt ihm jetzt in den Kopf, dass er jeden Morgen sein Deodorant überaus reichlich an sich bringt. … Er runzelt die Stirn. Eigentlich sollte er sich das nicht leisten, meint er, und zeigt, durch die plötzliche Erkenntnis immer noch etwas beeindruckt, eilig wieder sein gutes Gesicht. Was bleibt ihm auch anderes übrig.

Also gut, … Hasenbrot muss sich beeilen.

Er beugt sich etwas nach vorn und weist auf die fortgeschrittene Dunkelheit des Tages hin. Nun, … kaum waren die im Krebsgang gesprochenen Worte beendet, da setzt das Bremsen ein, möglicherweise etwas schärfer als gewohnt. So biegt er sich nicht ganz geheuer weiter und kommt dem überschlagenen Knie seiner angedachten Gespielin, ohne es zu wollen, bedenklich nahe. Sein Körper weis nicht wie es weitergehen soll, sein Oberstübchen ist irritiert. Schließlich schafft er es sich abzuwenden.

Immer weniger schnell vorbeihuschende Laternen erhellen das Abteil. Eilends klappt er sich nun gänzlich zurück.

Jetzt mag man ausdauernd in atemloser Spannung verharren, die Rückspultaste an alten Tonbandgeräten suchen, … doch niemand verrät zu viel, wenn sich doch die Lässtsichdawasmachen-Frist verbraucht hat.

´Wie schön Sie kennengelernt zu haben.´

Das gibt sie etwas in vorgeführter Betriebsart noch von sich, dann flattert sie mit ihrem Gefieder hastig zwischen Buchdeckel, Handtasche, Schal und Mantel herum, bis sie, unterm Strich, aus dem Abteil, … man muss ganz ehrlich sein, einfach entschwunden ist.

Stille bei Hasenbrot. … So flott kann das also gehen, denkt er.

Hortensienblüte / *im Januar (getrocknet)*

Email an J

Vor den lesenden Köpfen ein Schreiben Hasenbrot's an J. … Kritisch, mehr noch grübelnd.

Warum haben die Hunde nicht gebellt?

Immer diese Fragen und dann keine Antworten!

Das geht auf Dauer nicht ohne Falten ab.

Ja, … und was die Intellektuellen, eben auch die Schriftsteller heute betrifft, da ist auch kein Heiliger mehr zu sehen.

Kinder werden zukunftslos sein.

Hallo J.

Da hast du recht, … Gesinnungsakrobaten und Abnicker in Gesellschaft und Politik. Billige Abziehbilder überall.

Der neue Emporkömmling der einen Partei erscheint mir nicht sehr zuverlässig und ehrlich zu sein, ich denke da auch an die uns beiden geläufige Lehre zur Gesichtsphysiognomie. Natürlich ist auch dieses Wissenschaftsfeld nicht frei davon Fehler hervorzubringen, aber das, was der Kandidat sich auch vor kurzem an überläufiger Aussage geleistet hat, spricht doch Bände.

Tja, … mit dem anderen Teil deiner Email kann ich nach wie vor nicht ordentlich umgehen.

War es wirklich richtig, dass wir uns damals aus dem Politikgeschehen zurückgezogen haben?

Da hängt was nach.

Ich glaube, dass betrifft ebenso auch dich, … mag man sich damals auch auf dem richtigen Gleis gesehen haben, heute kann doch einiges nicht mehr mit wirklich bestimmender Bejahung belegt werden, … jedenfalls, bei mir ist das so.

Natürlich war Schaukelpolitik nicht unser Ding!

Ja, … aber ist es richtig gewesen die Flinte so früh ins Korn zu werfen? Ich weis, … ich wiederhole mich.

Manchmal denke ich, ... ich hätte weiter für unsere Sache mich einsetzen müssen. Zuweilen kommt mir aber auch in den Kopf, dass wir vermutlich eh gänzlich gescheitert wären mit unserem guten, selbstlosen Tun.

Heute fehlt mir der Mut und auch die Kraft dort anzusetzen wo man damals aufgehört hat, und ich befürchte, vieles ist nur noch in der Fantasie möglich zu realisieren.

Will damit sagen, dass der Zug wohl im Großen und Ganzen abgefahren ist.

Nun, ... zu komplex ist dieses Thema, um es auf wenige Worte beschränken zu wollen.

Vom Verlust

Hasenbrot mahnt:

Eigentlich nichts Neues, nur akutes im Gewand abgelatschter Ausgaben.

Der Parteitag einer Partei, die mal groß und hoffnungtragend war, hat abgefeiert und steht seit heute unangefochten im Vordergrund wichtiger Nachrichten.

Spieler- und Seitenwechsel nun doch wegen leidlicher Marschrichtung, und jetzt und auffällig, plötzlich Wiederbesinnung auf alte Traditionen, Festschreibung und Haltbarkeitsdatum bis morgen, … das wird sich beweisen. Vom Versagen zuvor, und lang war die Rede, kaum etwas, … darum wohl auch das.

Dann kam Nachricht-X vom Klimawandel, der eigentlich immer noch, und doch auch neugetan, merkbar Veränderung spüren lässt.

Aus den Fenstern benachbarter Häuser sollen Bürgerinnen und Bürger herausgeschaut und geklatscht haben. Nicht nur wegen unserer Corona-Heldinnen und Helden, … ach, diese kostenlos bleibende Show, … auch, weil man weiß, dass schon vor Jahren und von Wetterfröschen kundgetan, dass eine, und von Wissenschaftlern das andere, also weit vor Gretas getaner, filmreifer Show und auch dann, angeblich hergebrachter Sache aus China, … einiges nicht stimmt. Nebenbei bemerkt, so soll Greta eine Zeitreisende aus der Vergangenheit sein. Auf einem Foto von 1898, das von Vergänglichkeit erzählt, hockt sie mit anderen nahe einem Brunnen. Bestimmte Stellen werden davon wissen, … dass mit dem Zeitsprung, und nach dem amerikanischem Vorbild „Area 51". … Hofft man auch hier auf die Kunst des nachfolgenden Vergessens? Solche Sachen, das wird irgendwo festgemacht sein, dürfen eigentlich nicht an die Öffentlichkeit gelangen, … und das nun doch, und mit dem vielen anderen auch.

Und immer noch zeigen Polizei-Einheiten in Hongkong kein Verständnis für den rund um die Uhr vorhandenen Volkswillen. Auch das ist schon lange eingeübt und in aus der Zeit gefallenen Ausbildungsverordnungen mit altkamelliger Tinte verbrieft.

Unser Planet ist dabei sich abzuschaffen.

Ob es die Perserkriege, die Babylonischen Auseinandersetzungen waren oder bis in unsere jüngste Geschichte hinein, dass bis dahin kaum vorstellbare, ... all diese Abartigkeiten sind Beweis genug. Doch lassen diese sich schon noch einigermaßen deuten, ... wenn auch mit zeitlichem Verzug. ... Aber auch sind mit der neuen Zeit die Konflikte nicht weniger geworden. Lassen wir uns doch nicht täuschen. Diese sind nur verwaschener und undurchsichtiger, auch was die gefährlichen Instrumente betrifft, die drohend und hinter unseren Rücken, auf Schultern klopfen.

Wir sind Täter, Mitläufer und auch schweigende, große Mehrheit.

Unser Planet ist einem weltweiten Abbruchunternehmen ausgeliefert, das sich zugleich als treu-sorgende Hausverwaltung abbildet.

Schließlich sollte man nichts halten von diesen vielen Regelwidrigkeiten, mehr noch sollte man so mancher Auffälligkeit konsequent entgegentreten, und früh genug, und sich nicht ängstigen vor Gegenwind.

Sind wir mit unserem doch haushälterischen Sicherheitsstreben wirklich so ganz ohne Anstand und Maß auf dem Wege?

Da gibt es jetzt auch sogenannte Influencer. Nein, ... das Wort weist nicht auf eine durch Virusinfektion verursachte, quälende Erkrankung im Bereich der Atemwege hin, auch wird das Eindringen anderer toxischer Erreger in unseren Körpern hier keine Rolle spielen und ebenso wird man mit diesem geflügelten Wort nicht auf aufwendig gestaltete Gartenanlagen hinweisen wollen, nein, ... eher fündig wird man in diversen Kommunikationsräumen, sogenannten sozialen Netzwerken, ... das wohl.

Nicht etwa, dass der Schreck darüber uns verstummen ließe, ... wie ebenso nicht über aufgespritzte Damenlippen, überkurvige Busen und entstellte Unterlaibe, ... nein, hält doch die chronische Bequemlichkeit uns eher davor ab dagegen etwas zu erheben.

Tatsächlich erhalten Influencer, durch schließlich wunderliche Dinge, nicht nur ansehnliche Geldbeträge von Firmen, sondern auch gelegentlich öffentlich dargebotene Ehrung. ... Später kann man im Fernsehen miterleben, wie unter Anleitung geklatscht wird.

Und was ist eigentlich mit den anderen? … Während nun die anderen, je nach Umständen, mit immerwährender Disziplin das Abschmelzen des Polareises beobachten und dazu umfangreiche Berechnungen anstellen und wiederum daheraus Theorien aufstellen und veröffentlichen, die anderen im betrieblichen Alltag handliche Werte schaffen, … Möwen sich zunehmend mehr am Fisch verschlucken, … bleibt man anderswo modern, tolerant und fadenscheinig aufgeschlossen.

Vieles mehr sollte heute hinzu der bekannten Maßstäbe schulpflichtig beigebracht werden, und nicht nur den jungen Leuten verklickert.

So sieht es aus. … Unser Planet wird der Oberflächlichkeit wegen und kraft zunehmender Verblödung der Menschheit, um dessen Triumph gebracht, … und nichts hat uns gezwungen so viel an Mittelmäßigkeit zuzulassen.

Auch im kommenden Sommer, der mal wieder viel zu trocken sein wird, oder dem entgegen, an irgendeinem Ort Wassermassen über bekannte Uferzonen treten, werden unsere gefiederten Freunde zeitweise ihren Flugbetrieb einstellen. Nicht, … dass der Piepmatz-Tower aus Juks und Dollerei die Starterlaubnis verweigert oder Federvieh-Sprit plötzlich weltweit ausgegangen ist, … nein, der flirrend heiße Odem, oder die aus Eimern kommende Luftnummer wird allen die Puste nehmen.

Die Reihe der Punkte ist also lang und besteht nicht nur auf gekürzte Ausgabe.

In der Tat, … der Unratkeller ist randvoll.

Menschenschuld heißt der verbrecherische Krieg und die Chance, dass Ruder noch sinnvoll herumreißen zu können, scheint verbummelt, und nach wie vor rührt sich nicht wirklich etwas, … und irgendwo, an namhaften Luxusorten, werden unter Ausschluss der Öffentlichkeit weiterhin, und mit zukunftbehafteter Parole, bestimmte Gremien tagen, und doch verstehen sie sich stets und immer mehr aufs vertagen. … Den Verlust anzuzeigen tut weh.

Wenn es etwas zu beschwören gäbe, wäre es die verlorene Chance des Gewesenen.

Doch noch hält sich unsere Welt und es wäre unhöflich alles in einen Topf zu bringen. … Was soll das Plärren, wird man sagen.

Vielleicht fehlen uns tatsächlich noch die gravierenderen Pipapos, ... die echten, mutierten Coronas, ... die, die das Abwarten und Tee trinken für unzulässig erklären, uns auf einer Werteskala von eins bis zehn die Neunkommaneun erteilen.

Doch dann wird uns niemand mehr zur Seite stehen.

Nicht ausgeschlossen ist, dass irgendwann irgendjemand, der uns aus versehen nachgefolgt ist, dann sagen wird: ... Warum hat man nicht daran gedacht?

Hypericum (Johanniskraut) / *im Januar (getrocknet)*

Liebe

Die Schnecke Inzeit Ewigkeit kriecht auf dünnem Seil.

Hasenbrot geht durch einen überwohnten Tunnelgang. Kopfknapp und im Halbbogen gezogene Backsteine strahlen Nasskälte herab.

So gelangt er zum Innenhof einer ihm vertrauten, geschichtsträchtigen Wohnanlage.

Jemand ruft seinen Namen von irgendwoher, und mit spitzer Stimme, will wissen, was er hier sucht; ... das irritiert ihn. Er schreitet weiter, denn er weiß, ... das kann man sich denken, wohin.

Klingelschilder, jedes mit einer anderen Handschrift, mal sauber, mal anders dahingeschrieben.

Außengeräusche dringen durch den Zubringerschacht bis ins Innere der Anlage und wie ein mehrfarbiges, wiederholt aufgebrachtes Abziehbild vervielfältigt sich der von draußen eingetretene Geräuschteppich, verwebt sich mit der abgeklärten Schwingung der backsteinummauerten Oase.

Als Hasenbrot heute in der Früh in der Hansestadt Lübeck ankam war es kalt und klar, ... ein schöner, winterlicher, schneefreier Morgen.

So ohne ihr Laub ziehen Bäume besondere Blicke auf sich, dass kam Hasenbrot in den Kopf. Und die Lichter, ... die, die aus den hohen Altbauwohnungen auf den Asphalt fielen, waren warm und freundlich.

Nun drückt er entschlossen den bestimmen Klingelknopf, ... nicht irgendeinen.

Niemand öffnet ihm.

Ratlos ist er nicht.

Er tritt einen Schritt zurück und schaut an der Gebäudefront empor; richtet seinen Blick zu einem bestimmten Fenster.

Nur Ritual ummantelt dieses Tun, dass muss man wissen, ... dass Läuten und der rückschreitende Blick nach oben, auch das gehört dazu.

Er greift in die Hosentasche und zieht einen Schlüssel hervor. Kurz darauf befindet er sich im Hausflur. Die Tür vom alten Schlag schließt sich langsamer als ihm die Erinnerung hinterlassen hat. Er hält inne und genießt die ihm zugewandte Unveränderlichkeit.

Sie, … befände sich bereits an der Wohnungstür; Bilder, die da sind, und nie vergehen.

Auch das Ablegen des Mantels im Wohnungsflur ist für Hasenbrot ein feierlicher Akt. Mit kräftiger Farbe und mit leichtem Pinselstrich gemalt ist die Atmosphäre in der, … seit dem, so gleichgebliebenen Wohnung.

Manchmal beschleicht einem eine Ahnung: Ferne kann eine Bedingung für Nähe sein.

´Was für ein schöner Tag. Kommst du mit ans Fenster? Schau, wie schön es ist auf unseren Innenhof zu blicken. Möchtest du das ich das Fenster öffne? Die klare, kalte Winterluft wird uns gut tun.´, dass alles sagt Hasenbrot in die Luft hinein.

´Wir könnten hier, an diesem Ort, ein Leben wie gescheite Kinder führen, … so, wie es mal war, nach unserem Ernst des Lebens.´

´Was sagst du? Ach, … du weist doch. Ich esse alles, außer Senfeier und diesen fürchterlich, gelbglasigen Harzer Käse. Ach ja, und Jagdwurst. … Du machst dich ja immer noch lustig über mich.´

´Meinst du, wir werden irgendwann einmal aus der Zwischenwelt heraustreten können? … Hoppla hopp, und wir wären wieder zurück auf der weltlichen Bühne?´

´Hast du davon auch schon gehört? Neurologen wollen vor Kurzem festgestellt haben, dass das ausnahmslose Lesen von Frauenzeitschriften die Gehirnstruktur etwas wurmstichig macht. Nein, … du musst dich nicht auf bestimmte Frauenrechte berufen. Wie herrlich doch das alles ist.´

´Manches ist schon fürchterlich. … Ich denke bereits jetzt daran, dass ich mich heute Abend wieder auf den Weg zurück machen muss, … ich finde das grässlich aber auch ich kann nicht über meinen Schatten springen. … Warum lachst du? Ja, ich weis.´

´Zum kommenden Spätherbst werden wir uns wieder sehen. Bis dahin müssen wir abermals allein sein. Das mit unserer Wohnung hier ist doch wunderbar.

Findest du nicht auch? Warte dann nur auf mich. Zeit spielt für uns doch keine Rolle mehr.´

´Liebe! ... Ich sehe das Wort wie es zu dir flattert. Störe dich nicht daran, dass ich das Wort so gebrauche, als wenn Du und Ich wirklich hier wären. Tatsächlich ist Liebe nicht erklärbar; genauso wenig wie wir es jetzt sind.´

´Weist du noch als wir das letzte Mal für einen Tag in Hamburg waren? Aus Jux und Dollerei und mit viel Übermut gingen wir am frühen Abend über die Reeperbahn. ... Wir beide, Arm in Arm, ganz verschlungen. Erinnerst du dich? Und da war doch die Frau, die mich mit nicht zu überhörender Stimme fragte, ob ich die kommende Nacht nur im Schatten der Brüste meiner Frau verbringen wollte. Ich begriff das erst, als sie mir dann noch eine schnelle Nummer, ... so nannte sie das, zum halben Preis anbot. ´´Wenigstens das, ... Kleiner! Besser das als null!´´ Schließlich taten wir so, als wenn wir nichts gehört hätten, aber wir stiebten etwas schneller die Straße entlang. Und dann passierte etwas kauziges aus eigentlich garnichts weiter heraus, ... wir fingen so an zu lachen, dass hernach ein wilder Schluckauf sich über uns hermachte.´

Ach, ... Lübeck, wie schön du bist, dass denkt sich Hasenbrot, ... und, was ihm doch alles so in den Kopf kommt.

Wenn Menschen auf ihr zurückliegendes Leben blicken, werden sie kaum in Erinnerung bringen, oder nur mit Mühe, wer in welchem Zeitraum dieser Spanne, die Politik im Lande maßgeblich bestimmt hat, oder ob irgendwann eine existenzzerstörende Naturkatastrophe angekündigt war und sich nicht ereignete, oder welcher Krieg sein Unwesen wo trieb. Aber die Menschen werden wissen, welche Modewelle streckenweise up to date war und wie sie sich in dieser Kleidung gefühlt haben, wenn man sich diese besorgt hatte.

´Kannst du dich noch an die kragenlosen Jacketts der Beatles erinnern, die farbenfrohen Kostüme im Sergeant Pepper Film?´

´Manchmal kommen mir auch bestimmte, rückwärtige Deckblätter, hochglanzpolierter Journale, vor Augen. Du legtest deine Hefte nach dem Durchblättern immer mit der Vorderfront nach unten ab, ... in den Zeitungsständer, auf irgendeinem Tisch. Das störte mich, da dann, wie sie so dalagen, immer anscheinerweckende Geisterbilder mit den wildesten Versprechungen einen beäugten.´

´Am Ende des Tages geht es dann doch immer um alles. Um das Zipperlein im Gelenk, die Unfähigkeit mit geschlossenem Fenster im Sommer schlafen zu müssen und um tausend andere kleine Dinge auch. Das Fertigwerden damit ist wie nach dem Wind haschen.´

´Jeden Moment mit dir möchte ich multiplizieren.´

Manches haben wir damals nicht ernst genug genommen, und erst in der existenziellen Not nehmen manche Dinge eine kostbare Gestalt an aber dann versteht man sich selbst und vielleicht alles Mögliche nicht mehr gut genug. Doch nun sind wir unendlich geworden. Wir sind für immer, dass denkt sich Hasenbrot.

´Ohne dich fühle ich mich wie halbiert.´

´Damals, am dritten Abend in dieser Stadt, … nach unserem Umzug hierher, an diesen doch für uns ungewohnten Ort, unterhaktest du mich beim Hinausgehen aus dem Restaurant und sprachst dabei vom Wohlfühlen, … da habe ich gewusst, dass es nicht zu kühn war mit dir den Schritt hierhin gewagt zu haben.´

´Ach, … lass noch etwas deine Hand in meiner. Ich weis, dass wir ins Leere greifen, … und doch berühren wir uns. Woran sonst sollten wir uns festhalten?´

´Wer kann Zeit schon verstehen? Unser ausgelagertes Sein hat eben auch Schwächen.´

´Das Licht im Hof wird schwächer, die Luft nasser. Der Stimmung des herannahenden Abends kündigt sich an.´

´Du weist, wenn ich mir nachblicke, bringt mich das immer noch etwas durcheinander. Wäre es doch nur so, dass diese Welt jetzt endet und ein neuer Anfang sich zeigte. Diese Ohnmacht ist ein vollkommener Umstand.´

´Merkst du es auch? … Wir beginnen uns voneinander zu entfernen.´

´Bald, wenn ich wieder hier bin, wird sich die Welt erneut für uns öffnen. Kein Handy wird uns stören, keine Postsendung beunruhigen, keine Oberflächlichkeit wird uns den Moment rauben. … Dann werden wir wieder die Botschaft für uns selbst sein.´

´Für Andere ist unsere Existenz nur ein Schwindel, aber sie wissen nicht, dass das Leben, in dem sie leben, der eigentliche Schwindel ist!´

´Du siehst, meine Vorstellung ist groß und doch wünschte ich mir alles klein.´

´Hörst du den aufsteigenden Wind? Er verfängt sich im Hof.´

´Nun, … vergiss mich nicht!´

Abgesang

Herbst.

Er, … um den es hier schon die ganze Zeit geht, sitzt am Fenster seines Arbeitszimmers.

Graue Wolkenmassen ziehen heran.

In sich gesunken betrachtet Hasenbrot die Dünung der Ostsee; … das ist möglich.

Er ist nicht mehr jung, … dass wissen wir schon lange, und bequem ist er gekleidet. Unter dem Hausmantel, den er sich vor langer Zeit aus London mitgebracht hat, trägt er schon jetzt seinen Pyjama; es ist später Nachmittag. Das Gute-Nacht-Stück ist ein Versace Exemplar aus reiner Seide. Merkmal: elastischer Bund, lässige Form, reguläre Länge, Kaufpreis 2.455,- Euro; an den hüllenlosen Füßen trägt er Birkenstock-Schlappen.

Das können wir alles festhalten.

Seit Stunden verbringt unser Mann die Zeit mit Lesen; … Dostojevski, Aufzeichnungen aus dem Kellerloch.

Um sein Haus gegangen ist er bereits. Dazu gehört nicht nur das einfache herumgehen um das Gebäude selbst, vielmehr auch das Inspizieren des Geländes in Gänze.

Und acht Toilettengänge hat er hinter sich gebracht, kleine Geschäfte, wie er immer zu sagen pflegt, wenn er von der häuslichen Pflegedienstmitarbeiterin danach gefragt wird. Er mag es nicht, … und auf Teufel komm raus, wenn das Personal wechselt. Seine Gesundheit ist altersentsprechend, … das meint er schon ewig lange bei sich festzustellen.

Immer noch rafft sich Hasenbrot gelegentlich dazu auf einen kurzen Spaziergang am Wasser entlang zu machen. Eine ihm vertraute Sache, die er nicht aufzugeben bereit ist. Viele hundert Male ist er mit seiner Frau dort entlang gegangen und irgendwie ist es dann auch ein Beisammensein. … Eigentlich sollte er diese Unternehmung nicht mehr machen, dass riet man ihm.

Die ungefähre Stelle im Wasser kann er noch vermuten, … die genaue Lage ist im Logbuchauszug der Reederei festgehalten, dass sind aber nur Zahlen.

Da sitzt er also, ... und so könnte das Bild sein.

Seine Tochter ist schon lange mit einem guten Mann verheiratet, ... eine etwas ältliche Umschreibung, die er aber mag. Sie wohnt viel zu viele Autostunden entfernt von dem Ort, um den es eben auch hier geht. Sie soll auf ihn kommen, sagen die Leute, ... man kennt sich vom gelegentlichen, kurzen Plausch auf der Straße. Immer noch meint er, dass das, mit dem - wer kommt auf wen, nicht stimmt und schiebt seine Frau vor.

Seine Tochter wird möglicherweise am Abend, dort wo sie lebt, mit ihrem Mann ausgehen, das ist heutzutage so, auch wenn es mitten in der Woche ist. Zu seiner schönen Zeit wäre das kaum denkbar gewesen.

Einen neugierigen Blick hat sich Hasenbrot für echt handwerklich hergestellte Dinge bewahrt, auch was die Modewelt mit guten Stoffen so anstellt.

Er häkelt. Die Leute munkeln, dass er gerade dabei ist, sich einen dritten, übergroßen Schal aus Merinowolle zu machen.

Das Zimmer, in dem er zumeist sich aufhält, ist möbliert mit einem alten, schweren Schreibtisch, dazu passt auch der etwas aus dem Leim geratene Holzstuhl. Vielmehr befindet sich nicht im Raum, wenn man die annähernd zweitausend Buchbände auf den Regalen nicht mitrechnet.

Immer noch schreibt er. ... Niemals würde er zugeben, dass er selbst in einem seiner Gedichte, lyrischen Texte oder Romanhandlungen vorkommt.

Und unsere nun langsam ausklingende Figur hat einige, ... heutzutage, außerüblich gewordene Eigenschaften: Er schätzt Ehrlichkeit, Treue, Disziplin und Ausdauer, auch manches andere, ... speziell, alles was anständige, gesellschaftliche Dinge betrifft. Er mag das Wort „Solidarität".

Maulhelden mag er ganz- und garnicht, auch Menschen, die nur an sich denken. Leidenschaftlich mag er Malt-Whisky mit einem Bröckelchen guter, dunkler Schokolade dazu, auch laschen, süßen Likör, und alte Donald Duck Sonderhefte, besonders die Ausgabe von 1992, „Der güldene Wasserfall". Dieses Exemplar führt er sich immer in den Dezemberwochen eines jeden Jahres vor Augen.

Und, … so unglaublich das auch sein mag, man spricht davon, dass er Mitglied in einem geheimen, okkulten und weltumspannenden Bund ist. … Das hat er nie verneint.

Schließlich wirkt Hasenbrot auf andere bescheiden und unaufdringlich, begibt sich gelegentlich, je nach Laune, … mehr Anlasspunkte hält er für unnötig, in einen untergeordneten Status hinein.

So ist also im Wesentlichen das klassische seine Profession.

Folgend dieser Losung steht er den im Trend liegenden Dingen stets etwas skeptisch gegenüber, lässt sich aber mit guten Argumenten gern auch vom Gegenteil überzeugen.

Filme mit viel Romantik mag er, was andere eher beschmunzeln. Reden will er nicht mehr davon. … Er sagt, nahe am Wasser gebaut zu haben. Was letztlich auch stimmt.

Nun, ... Hasenbrot sitzt immer noch am Fenster.

Gerade streiten sich zwei Möwen um einen an Land geschwemmten, toten Fisch.

Er fragt sich, warum er nie über Möwen etwas geschrieben hat, die in seinen Augen doch soviel interessanter sind als Tauben.

Wir denken, dass er noch eine ganze Weile am Fenster sitzen wird, ... und ja, er ist ein wirklich netter, alter Kerl.

·

-Beachten Sie die Medien-Präsenz des Autoren-

www.schriftundbuch.de

www.scriptureandbook.com

www.instagram.com/dr.phil.lindemann

●

Zum Autor

Dr. phil. Th.-E. Lindemann lebt in Schleswig-Holstein, nahe der Ostseeküste und zählt zu den Schriftstellern die sich der philosophischen, zeitkritischen Gegenwartsliteratur widmen.

Neben zahlreichen, fachspezifischen Publikationen veröffentlichte der Autor folgende Werke:

- Die kleine Bucht des ... Flusses Lauf (2006)

- Aufgehangen (2009)

- Es träumte mir oder vom Älterwerden ab dem ersten Tag (2010)

- AndersWo als sonst (2015)

- Am Rande zum Wesentlichen (2017)

- Hasenbrot und Gänsewein (2021)

·

Zeitfracht Medien GmbH
Ferdinand-Jühlke-Straße 7
99095 Erfurt, Deutschland
produktsicherheit@kolibri360.de